1.ª edición, octubre 1995
35.ª edición, diciembre 2014

Cubierta de Manuel Estrada,
sobre un dibujo de Pedro Casariego Córdoba

ISBN: 978-84-207-6725-3
Depósito legal: M. 15334/2011

Impreso en España - Printed in Spain

ESPACIO

ABIERTO

E S P A C I O

A B I E R T O

Diseño y cubierta de
Manuel Estrada

E S P A C I O ABIERTO

Martín Casariego Córdoba

Y decirte alguna estupidez, por ejemplo, te quiero

ANAYA

Para Isa Ruiz de la Prada
en recuerdo de una noche de tormenta.

No me des un beso inteligente:
no quiero un beso cruel.

Pe Cas Cor

1

El amor es una estupidez, lo tengo comprobadísimo. Vuelve a la gente medio estúpida y le trastoca el carácter, y a lo mejor la hace más feliz, vale, pero eso no cambia nada, y por descontado que a los que ya son estúpidos no les vuelve inteligentes. Cuando voy por la calle y veo a alguien con una sonrisa bobalicona, pienso, ese tío debe de ser tonto de remate, pero a veces, cuando estoy en plan indulgente, añado para mis adentros: o estar enamorado de remate. Las declaraciones de guerra son aún peores que las declaraciones de amor, de acuerdo, pero eso no quita para que las de amor sean una estupidez. Además, las declaraciones de amor pueden acabar en guerra declarada o sin declarar, como les pasó a los padres de Cortázar. El que haya adivinado que estoy enamorado y se crea muy listo y sagaz elemental querido Watson por eso, seguro que es un fatuo, y si piensa que yo soy un estúpido, encima es un imbécil, porque enamorarse le puede pasar a cualquiera y nadie está a salvo. Yo, sin ir más lejos, me enamoré de Sara sin proponérmelo, empecé a quererla sin querer. Al volver de las vacaciones de verano, delante de los compañeros de clase me inventé una historia. Gobi —que quiere ser gigoló— y Cachito —que quiere ser dentista y forrarse a base de puentes y empastes— se habían burlado de Andrés, porque Andrés nunca había estado con una chica, así que cuando llegó mi turno, me inventé una aventura playera con una extranjera. La historia no era muy original, pero al menos la chica no era sueca, aunque su país empezaba también con S: era de Surinam, y desconozco si os habéis fijado o no, pero una S se parece a una serpiente y eso es una bonita casualidad. Esto causó una enorme expectación (lo de Surinam, claro, no lo de la serpiente). Según mi cuento, la chica tenía los ojos rasgados y la piel ligeramente amarilla, azafranada, pero a la vez muy tostada. Cuando sonó el timbre avisando de que empezaba la clase, me quedé un momento solo, y fue entonces cuando me entró una vergüenza tremenda por no haber ayudado a Andrés cuando se burlaron de él. Al entrar en clase, me fijé en una chica nueva que se había sentado en la primera fila, y pensé que se había sentado allí porque era la única en la que había dos sitios libres. Ella tenía un motivo muy diferente, pero yo aún no lo podía saber. Era Sara, claro. Tenía el pelo rubio. A mí que una chica sea rubia o morena me da igual, y eso no quiere decir que me gusten todas, sino que no tengo nada contra las rubias y tampoco contra las morenas, y me pasé media hora de la clase tomando apuntes, y la otra media hora pendiente de ver el rostro de la nueva.

—Juan —me llamó la atención el profesor de Geografía, que a veces salivaba en exceso y entonces parecía que era un chispito y los de la primera fila macetas de hortensias—. Juan, ¿te ocurre algo?

El profesor de Geografía me conocía del año pasado y yo le caía bien, no sé por qué. Él también me caía bien a mí, y supongo que tampoco sabía por qué, aunque a lo mejor era porque yo le caía bien a él.

—No —dije, y me ruboricé, porque soy uno de los tres más tímidos de la clase.

Entonces la chica nueva se volvió y por fin vi su cara. Juro que me sonrió durante medio segundo y que ella también se ruborizó. Claro que a estas alturas de mi vida el que yo jure algo no significa necesariamente que sea verdad. Cuando digo algo, puede ser verdad o mentira. Cuando lo prometo, ya es más posible que sea verdad, y cuando lo juro, es bastante probable que lo sea. Pero seguro del todo, seguro cien por cien y pongo la mano en el fuego y que me caiga un rayo, eso nunca. Una vez le dije a Sara:

—Te lo juro.

Pero ella ya me conocía, y me dijo:

—Vale, pero... ¿Es verdad, o no?

Me quedé más desarmado que Gandhi, y comprendí que uno tiene que reservarse una parcela de credibilidad, porque si no llega un momento en que necesita ser creído y nadie le cree, como en el cuento de Pedro y el lobo, y uno se pone rabioso y en realidad sin razón, porque la culpa es suya. Así que dije:

—A partir de ahora, cuando os jure algo a ti, a mis padres o a mi hermano pequeño, te juro que siempre será verdad.

Pensé que eso tendría que cumplirlo y que me estaba metiendo en un lío, porque a lo mejor alguna vez necesitaba mentir a Sara o a mis padres y ya no iba a poder. A mi hermano pequeño no, a Zac nunca le mentiría, a no ser para decirle cosas buenas y consolarle, decirle, por ejemplo, que el mundo es bueno y que al final los actos malos se pagan y los buenos se recompensan y los villanos encuentran su merecido como en los tebeos del Capitán Trueno y del Jabato. Pero, aparte de pensar que estaba metiéndome en un buen lío, me gustó decir eso, primero, porque en quince segundos me había convertido en un hombre más digno, en un hombre de palabra, y segundo, porque al incluir a Sara en el grupo de mis más íntimos, un grupo en el que ni siquiera había incluido a Polo o a Santi, casi equivalía a decirle que la quería. Ella se dio cuenta de algo de eso, porque me lanzó una sonrisa como de fiera que enseña los dientes y salió corriendo. Bueno, pensar que ésa era la manera en que iba a reaccionar si yo confesaba mis sentimientos me quitó fuerzas para expresarlos durante tres o cuatro meses por lo menos, y es que de ese tipo de fuerzas no andaba muy sobrado. Tengo que hablar todavía de mil cosas más. Por ejemplo, de los hámsters y los cobayas, o de esa rata que estuvimos persiguiendo por la calle de su casa y que ella decía que era un ratón. En realidad, los hámsters no tienen nada que ver con esta historia, y además se han ido muriendo todos, uno tras otro, aunque como los vamos reponiendo seguimos teniendo uno. El cobaya se llamaba Coco, y el día siguiente a que la palmara, mi primo, que es un enano y sólo tiene cuatro años, nos dijo, muy excitado, casi trompicándose:

—¿Y cuando se murió, le visteis cómo subía al cielo?

Dije que sí, y él dijo:

—Todos los muertos son reyes.

Eso fue lo más bonito del día y de la semana, y a mí me pareció que la muerte de Coco quedaba así más justificada, y me quedé con la duda de si esa frase de los muertos y los reyes era de mi primo, o si la había escuchado a alguien mayor, pero no lo sé, porque a veces dice cosas que ya me gustaría decir a mí.

Empiezo hablando de Sara y acabo hablando de un cobaya gordo y medio asesino, que lanzaba bocados y no había quien metiera la mano en la jaula, y hacía unas cacas enormes, y Sara es muy orgullosa e igual se ofendería si supiera que tiene que compartir este relato con ese animal tan sucio, pero en realidad la culpa no es mía, ni de nadie, odio a la gente que siempre está buscando una causa o un culpable, como si a veces las cosas no sucedieran porque sí, ya sabía que iba a ocurrirme algo semejante, porque al hablar de Sara me pongo nervioso, pero tendríais que conocerla, aunque desde luego no seré yo el que os la presente, porque hay una cosa que no he dicho a Sara para que no me llame celoso y cobarde y tirano, y es que a veces la encerraría bajo siete llaves y para verla habría que pedirme permiso y yo solamente dejaría que la vieran los feos de campeonato previa petición de cita con foto, y es que me aturullo y lo quiero decir todo de golpe. Antes os he dicho que mi primo es enano, pero eso es mentira. Una vez fui a su casa y él estaba en el suelo jugando, y le saludé así:

—Hola, enano.

Y entonces él miró hacia arriba, con toda su inocencia y sabiduría, y dijo:

—No soy enano, lo que pasa es que sólo tengo cuatro años.

Me estuve riendo media hora seguida. Algún día os contaré lo de las greguerías. De mi primo se pueden aprender muchas cosas, aunque sólo tenga cuatro años y esté impaciente porque le quedan dos meses para cumplir cinco.

2

Hay algo importante que no he dicho, y es que Sara, cuando empezó el curso, se quería morir. Había momentos en que se divertía, y disfrutaba de muchas cosas, pero aunque era la persona que más sonreía de toda la clase, lo cierto era que se quería morir. Aparentemente todo iba bien: era guapa y simpática y la gente la apreciaba, y sin mucho esfuerzo sacaba notas buenas. Gustaba a todo el mundo, menos a la persona a la que sería más importante gustar: ella misma. A mí eso me exasperaba, pero también contribuyó a que me sintiera atraído por ella. Una vez, en medio de clase de Latín, me levanté y grité:

—¡SOIS TODOS UNOS...!

Me corté a mitad de la frase, y todo el mundo se me quedó mirando, alucinado. Para entonces ya estaba enamoradísimo en alto secreto de Sara, y no aguantaba más y había estado a punto de estallar como una caldera con demasiada presión. Había estado pensando que todo el mundo debería estar enamorado de ella, y que los que no lo estaban eran medio idiotas. La frase continuaba así: ...IDIOTAS!, ¿CÓMO

NO ESTÁIS ENAMORADOS TODOS DE SARA? Y si me quedaban aire y arrestos, pensaba continuar: ¿CÓMO TIENE MÁS ÉXITO JOSEFINA? Josefina era la más guapa de la clase con diferencia, pero a mí me parecía supersosa, y la mitad de las veces que hablaba lo mismo hubiera dado que hubiese permanecido más callada que una mosca, y a lo mejor soy injusto con ella, pero es que desde que me enamoré de Sara mi imparcialidad ha muerto fusilada, y lleva varios meses muerta y ya va a ser difícil que resucite. El caso es que me quedé un momento mudo, impresionado por mi propia voz y por la expectación suscitada, y cuando ya había decidido continuar y de perdidos al río y que me echaran de clase y la reunión con la directora y que me apuntaran en el libro negro aunque yo alegaría locura transitoria, pero desde luego no mal de amores, porque para arrancarme mi secreto habría que usar tenazas al rojo vivo y ni con ésas, vino en mi socorro quien menos esperaba, la Chispazos, que era la profesora de Latín y a la que llamábamos así porque su apellido era parecido y tenía unos cuantos enchufados, y además le daban corrientes y bajadas de tensión:

—¡TIENE RAZÓN JUAN! —gritó la Chispazos, que estaba como unas espuertas y sufría ataques de histerismo y crisis nerviosas—. ¡SOIS TODOS UNOS... IGNORANTES! ¡A VER, BAUTISTA! —siguió, ante el estupor general—. ¡EXPLÍCASELO TÚ!

Tardé unos segundos en comprender que era a mí a quien se refería con eso de Bautista. Luego me enteré de que la Chispazos había ido preguntando a uno por uno la historia de Cayo Mucio Scevola, y nadie contestaba, al menos correctamente (por ejemplo, supe que el animal de Cachito había respondido que era un romano feo feísimo, pero muy ilustre y valiente, y que por eso le llamaron Cayo y dio lugar a toda una saga familiar de ilustres Cayos romanos, y que hubo uno muy alto al que llamaron Cayo Largo, y como lo había dicho él, nadie podía asegurar si se trataba de un chiste o de un patético intento de respuesta, pues Cachi era de los que preferían contestar cualquier cosa antes que quedarse callado). Yo estaba tan concentrado pensando en Sara y en lo tontos y ciegos que eran los de clase, que ni siquiera las carcajadas tras la respuesta de Cachito me habían sacado de mi ensimismamiento. Claro que eso que yo llamo estar concentrado, los profesores lo llaman estar en Babia. Otra cosa que había pensado era que, aunque era absurdo que no todos estuvieran enamorados de Sara, era también una prueba de que el mundo no estaba tan mal hecho, porque sería terrible que todos los chicos se enamoraran de la misma chica, sería un completo desastre mundial para todos ellos, e incluso para Sara, y también para todas ellas. Para mí eso es una paradoja, que del mal funcionamiento de algo se obtengan buenos resultados. Bueno, el caso es que yo tenía que explicar algo y no sabía qué. Entonces Saracruzroja me mostró el libro de Matemáticas, y yo pensé inmediatamente en el Sanjuán, que es cojo. Interpreté la pista a mi manera, y como los segundos pasaban y la tensión iba en aumento y la cabra loca de la Chispazos me miraba cada vez con una cara más rara, decidí lanzarme a la piscina.

—COGITO ERGO SUM!

Ya sé que la frase es de Descartes y no de un romano, pero fue lo primero que se me ocurrió en latín por el apuro y lo de la cojera. Se hizo un silencio sepulcral, y una oleada de calor me invadió y me puse a sudar y me agobié pensando que iba a empezar a oler a sobaco como Márquez. Luego Sara reconoció que me había enseñado el libro para recordarme que tenía que pasarle un ejercicio de Matemáticas, pues había ido al dentista y no había tenido tiempo de hacerlo, y ella pensando en sus cosas y yo creyendo que era Sarasocorro cuando era Sarainoportuna. El labio superior de la Chispazos se puso se puso me estoy rayando se puso a temblar como el pulso de un traidor desenmascarado, vibraba como la cuerda de un violín y era sorprendente que no hiciera música, ni siquiera la más desafinada y chirriante del mundo, y como yo nunca había pertenecido a su grupo rotante de cinco enchufados, no podía degradarme en público, y carecer de ese recurso la exasperó aún más. Pensó sin demasiada razón que el ridículo principal lo estaba haciendo ella y no yo, y en un acceso de ira incontrolable me lanzó el borrador. Lo esquivé y le alcanzó en un ojo a Damián, que era el que se sentaba detrás de mí. A Damián el ojo se le puso como un huevo, y durante una semana estuvo mosqueadísimo conmigo y no con la Chispazos: de verdad, a veces no hay quien entienda al género humano, sin distinción de sexos. La Chispazos estalló en sollozos, y salió de la clase entre el cruel pitorreo general, mientras Damián se quejaba como una histérica y decía no sé qué de quedarse tuerto y que cómo escocía la tiza y la madre que la parió. Los chicos empezaron a golpear los pupitres y a armar bronca, entre risotadas y aullidos, dejando aflorar una violencia simiesca hasta entonces mal contenida, y las tías permanecieron silenciosas y algo asustadas, excepto Paloma, que como quería ser chico se creía que tenía que secundar a los más bestias de la clase y berreaba y pateaba como el que más, y en ese sentido yo fui como una de las chicas, porque también me dio pena la profesora, así que fue como si a mí me hubieran metido en el cuerpo de Paloma, y viceversa. A todas éstas, he dicho que tengo un hermano pequeño que se llama Zac, y a lo mejor te estás preguntando qué clase de nombre es ése. Bien, Zac es Zacarías, que es, como Sara, un nombre hebreo. Algún día os contaré las historias resumidas de Sara y Zacarías, y digo resumidas porque si alguien las quiere completas, para eso tiene la Biblia. Sara decía que si tuviera un hijo querría que fuese negro. A mí eso me molestaba, porque yo nunca podría ser el padre, pero no decía esta boca es mía, porque el que yo quisiera tener hijos con Sara era uno de los secretos mejor guardados del sistema solar, junto con la fórmula de la Coca-Cola y el color de las bragas de la Reina Madre de Inglaterra, suponiendo que use bragas, que yo creo que sí. Hace poco, en Estados Unidos negaron a un condenado a muerte el último cigarrillo, porque habían cambiado las normas de la prisión y estaba prohibido fumar. A Sara y a mí nos pareció una cabronada, e incluso Pitagorín dijo que era un disparate. Los dos estábamos indignados, y eso que yo no fumaba, hubiera sido tan sencillo y tan humano saltarse esa ley... Sara propuso escribir una carta al alcaide de esa prisión firmada por todos los de la clase, o al gobernador del estado, o a quien correspondiera. Fue a la embajada de Estados Unidos a pedir información, pero llegó fuera del horario de atención al público, y después se le pasó: estaba preocupada ya por otros problemas y otras injusticias. Sara era un poco inconstante, la verdad. Solamente había pensado las dos primeras frases: «Señor gobernador (o señor alcaide): soy una española de quince años. Ahora mismo estoy sentada, fumando un cigarrillo». No tuvo que pensar más, porque nunca escribió esa carta. A mí me gustaba mucho el principio, porque tenía muchas posibilidades, y me quedé con la curiosidad. En el fondo, bien pensado, todos los principios son buenos o al menos tienen posibilidades, excepto los desastres precoces. Un desastre precoz se produjo, por ejemplo, cuando Cachito, en el partido contra los de la B, metió los primeros dos puntos del partido en nuestra propia canasta, después de correr hacia ella como un diablo ante el asombro general. Perdimos 50-28, y eso que éramos los favoritos, porque les habíamos ganado siempre en los amistosos, será que no somos buenos competidores. Lo de ser favoritos es una tontería, a mí siempre me ha gustado parecer un pedo y luego dar la sorpresa, parecer una perita en dulce, como dicen los entrenadores.

La Chispazos regresó acompañada por la directora, y el griterío se apaciguó y algunas chicas que todavía se tapaban los oídos se los destaparon, y entonces pudieron oír el sermón que nos endilgó la directora, que por suerte no se centró en mí. Busqué con mi mirada la de Sara, pero ella no me miraba a mí, y pensé que estaría pensando que se quería morir y eso me entristeció. En el vestuario, cambiándonos para gimnasia, Gobi me dijo que había estado genial, y Santi que qué demonios me había pasado. Cayo Mucio Scevola fue el fundador de una ilustre familia romana. En el 507 a. C. el rey etrusco Porsena sitiaba Roma, y Cayo Mucio quiso matarle. Entró en la tienda real, pero se equivocó de víctima. Porsena le amenazó con torturarle, y Cayo Mucio puso su mano en un brasero y dejó que se consumiera, exclamando: «Así castigo el error de mi mano». Admirado, Porsena le perdonó la vida y levantó el asedio, y a Cayo Mucio le llamaron Scevola, que significa mano izquierda, y de ahí viene la expresión poner la mano en el fuego, que quiere decir que estás tan seguro de algo o de alguien que si te equivocas, estás dispuesto a quemarte la mano. Mientras me ataba los cordones de las zapatillas pensé que debería pedir disculpas a la profesora en cuanto tuviera una oportunidad, pero aunque he tenido varias desde entonces, no lo he hecho, y es que a menudo me hago buenos propósitos y luego los incumplo: eso, para que os fiéis de mí.

3

Mis dos mejores amigos eran Polo y Santiago, y eran muy diferentes entre sí. A Santiago le llamábamos Santi, y a veces Santiaguín, cuando él no estaba presente, porque era muy bajito. Tenía bastante genio y estaba fortísimo. Un día, en clase de gimnasia, hizo 68 flexiones de brazos seguidas. Mi récord es 34, exactamente la mitad. Tras batir su marca Santiaguín se quedó más colorado que un pimiento del Piquillo, y después fue por ahí todo hinchado, pavoneándose, pero enseguida se desinfló: primero, porque no era nada chulo ni engreído, y después, porque Espinita se encargó de pincharle. Espinita se llamaba Marina, y ninguno nos habríamos fijado en ella si no hubiera sido por el amor con el que Santi la distinguió, un amor leal y más cegato que un topo. Santi empezó a llamarla Espinita, porque decía que era la espinita que se le había clavado en el corazón, y eso a todos los tíos nos parecía de lo más cursi, pero había que tener un par de narices para no avergonzarse de ello y no ocultarlo. A algunas chicas, en cambio, les parecía de lo más conmovedor, y decían que Santi era de fiar y era romántico y que los demás éramos unos cerdos, y Sandra me dijo que Santi tenía un gran corazón. De acuerdo en que lo más grande de Santi es su corazón, pero para mí que Sandra estaba coladita por él. En cualquier caso, a Marina, que era de la B y quería ser no sé qué quería ser ni me importa, la llamamos a partir de entonces Espinita, y ese día, el de las 68 flexiones, Santi vino y fue por el pasillo siete veces, hasta que por fin se la encontró de frente, y le anunció:

—Hoy he hecho 68 flexiones de brazos.

—Por mí como si te operan —dijo Espinita, que estaba orgullosísima al cuadrado de tener un enamorado público y felicísima al cubo de poder demostrar públicamente su desafecto.

Santi volvió como un cortejo fúnebre de una sola persona, más hundido que el *Titanic*. Entre todos tratamos de animarle, pero el memo de Gobi, nuestro guaperas oficial, dijo, burlón:

—Tranquilo, Santi, no desesperes. El amor es una carrera de larga distancia.

Polo, que era bastante guapo y a veces muy frío, tanto que le llamábamos Polo Norte, y que quería hacer negocios, como su padre, aunque todavía no sabía cuáles, arrojó a una maceta el cigarrillo que estaba fumando, y dijo, muy despacio:

—Gobi, cada vez que hablas demuestras que eres más corto que la picha de un canario.

Polo y Gobi se miraron, midiéndose, pero decidieron que no era el momento ni el lugar, o a lo mejor a los dos les imponía un poco el otro, porque ambos eran bastante altos y fornidos, un poco más ancho Gobi, pero ligeramente más alto Polo, y además, como decía Márquez, ¿para qué pegarnos entre nosotros, si tenemos a los del colegio de curas a la vuelta de la esquina? Sonó el timbre para entrar en clase, uno de esos timbres que cada fin de curso desde hacía dos Héctor rompía a pelotazos, y Gobi dijo:

—Qué voz de duro, Polo, estoy temblando.

Nos metimos en clase, y la cosa se quedó en eso. A Polo le había cambiado la voz el verano anterior, no éste, cuando pasamos de 8.º a 1.º. Hasta entonces había tenido una voz casi de pito, que se llevaba mal con su cuerpo. Fue un cambio sorprendente, y él estaba encantado, porque casi había llegado a creer que se le iba a quedar voz de niño para toda la vida. Las chicas decían que Polo tenía una voz muy delicada, y después dijeron que era muy varonil. Lo único que pasa es que Polo es atractivo. De otros, por ejemplo de Cachi, también llamado Cachito, también llamado Cachirulo, habrían dicho primero que tenía voz de pito, y luego, que qué voz de becerro le había salido. El pobre Cachi tenía la cara llena de granos, y dormía con una máscara de crema en la cara. Eso me lo contó Damián, que era bastante amigo suyo y un poco traidor o al menos bocazas, porque Cachi le había pedido que no se lo dijera a nadie. Por aquel entonces, yo ya estaba por Sara a saco, y eso era un secreto total que no me hubiera arrancado ni el más refinado dentista nazi, aunque Cachirulo, quién sabe, con lo bestia que es. Había hecho algunos avances, y Sara parecía muy a gusto cuando hablaba conmigo, muy a gusto dentro de lo que cabe, claro. Se reía mucho, pero jamás me miraba directamente a los ojos más de tres segundos seguidos, ni que tuviera un temporizador. Eso de no mirar seguido no era porque fuera una traidora, sino porque tenía miedo, y no de mí, sino del mundo en general, y de las imágenes y las sensaciones que poblaban su alma. Un día, muy a principios de curso, durante la tercera semana, mientras comíamos ella y yo solos, antes de que empezara a traer el mantelito, me reveló un secreto: la habían expulsado del colegio anterior por robar los exámenes. Por eso me siento ahora en primera fila, dijo, para inspirar confianza. No se lo digas a nadie, añadió con una voz de encantadora de serpientes y de pringados, llevándose el índice a los labios, y en esa ocasión me miró hasta cuatro segundos seguidos y sin parpadear, cinco latidos de mi corazón, y casi me hipnotizó y me costó un gran esfuerzo mantener la mirada esos cuatro segundos, no ser yo quien la apartara. Nadie puede saberlo, sólo tú y yo. Y entonces pensé que, ya que nos inspirábamos el uno al otro tanta confianza, podría darme su teléfono. Elevé mi petición con una voz aparentemente firme, pero por dentro más temblona que un flan, y ella accedió.

—Llámame cuando quieras —dijo, al tiempo que me pasaba la notita—, pero no me dejes de llamar.

Y sin esperar mi respuesta, se limpió la boca con una servilleta de papel y se fue contoneándose como yo nunca la había visto contonearse. Mejor así, porque yo me había quedado sin habla y hubiera sido muy ridículo, porque fijo que se me había puesto cara de memo. La llamé para ir al cine ese fin de semana, ¿y sabéis qué? El día siguiente, como siguiendo un plan milimétricamente trazado, de esos que conciben las mentes privilegiadas sin dejar nada al azar, me propuso robar los exámenes finales, y el teléfono y el contoneo y la coquetería y no me dejes de llamar: esto, para que os fiéis de las pavitas, especialmente cuando se contonean, buenas son.

4

A veces me apetece contar cosas sueltas, que no tienen nada que ver con Sara, ni siquiera con este curso. Por ejemplo, que hace tres años, Torras, Teresa, volvió de las vacaciones de verano con dos pechos abundantes y perfectamente desarrollados, y que Cachi y Polo sintieron algo que si no era amor se le parecía muchísimo y empezaron a mandarle notitas en clase, incluso algunas poesías, bastante cursis y horteras, por cierto, y de esa época es el corazón atravesado por una flecha con las iniciales de Teresa y Cachi, tachado por Polo, que aún se puede ver en el gran plátano de la zona de juegos de los pequeños, y aunque todo eso Polo lo niegue acaloradamente y hasta se enfade porque ahora le da muchísima vergüenza, todos sabemos que es la más completa verdad, y yo no tengo ni que molestarme en jurarlo. Una vez Teresa salió a la pizarra en clase de Matemáticas a resolver un problema de senos y cosenos, y la pobre no tenía ni idea, y entonces Márquez dijo, en voz alta:

—Parece mentira, ahí donde la veis, y no tiene ni idea de senos.

Se armó un alboroto, porque las gracias dichas en alto en medio de una clase tienen mucho más éxito, Teresa casi se echó a llorar y a Márquez le expulsaron y la tutora le dijo que era un crío y un inmaduro, y que a la próxima tontería hablaría con sus padres, y le echó un sermón sobre la Naturaleza y las mujeres y los hombres que se dividen en civilizados y sin civilizar, y que si él quería ser de los bárbaros sin civilizar pues que en este colegio no iba a tener sitio, pero a Márquez le resbalaba, o al menos le compensaba de sobra haberse hecho el gracioso, porque en deportes era negado, como estudiante no era un genio, incluso era más bien límite, y con las tías ni rosca, y esas gamberradas le proporcionaban algo de popularidad, y si tenía muy poco éxito con las chicas se debía fundamentalmente a que el pobre tenía una sobaquina que tiraba para atrás, el Alerones, le apodábamos, aunque nunca delante de él, cuando tocaba de pareja en gimnasia a morir los caballeros, y después, cuando se duchaba, aparte de las bromas, frótate bien los alerones, Márquez, ¿quieres mi desodorante también, Márquez, de refuerzo del tuyo?, a los veinte minutos, ya tenía una mancha en la camisa y vuelta a oler a sobaco, y me hubiera gustado que el pobre Márquez metiera allí la cabeza o al menos la nariz de la tutora, y un discursito a la tutora sobre la Naturaleza, creo que por todo ello es por lo que el invierno era su estación favorita y hablaba con Jara de irse a vivir a Canadá y cortar árboles, pero todos sabíamos que el único que a lo mejor lo hacía era Jara, y que además preferiría irse solo. La pobre Teresa era un poco cegata, y no sé por qué digo pobre, porque con esos atributos con que la Naturaleza la había dotado tenía bastante éxito entre cierto sector masculino, y algo es algo, pero a mí me daba un poco de pena, una pena

28

indefinida, que no sabría explicar, y cuando ponían las preguntas de un examen se tenía que levantar y situarse a un metro del encerado para poder leerlas, eso sólo pasaba en clase de Física y Química, porque los demás las dictaban, y la profesora siempre le decía que se pusiera gafas o lentillas, y ella lo pasaba fatal, porque con gafas se sentía muy fea y las lentillas las había perdido dos veces y sus padres no querían comprarle más, porque por lo visto no tenían mucho dinero, y un día, hablando del socialismo y la gente bien y los pijos y el colegio y los barrios más pobres nos enteramos de que Teresa era becada, y tenía un poco de complejo de pobre, cuando el complejo tendrían que tenerlo otros, porque ella obtenía en general buenas calificaciones, aunque este año se le atragantaran los senos y los cosenos. Hablando de gafas y de cosas que no tienen estrictamente que ver con este curso y menos con Sara, a Blas —no se llamaba Blas, pero se apellidaba Blasco y por eso Blas— le llamaban Gafotas, porque tenía unas gafas de cristales grandes y gruesos, y una montura también bastante aparatosa, y también Piesplanos, y no hace falta que explique por qué, hasta que un día se hartó, porque Epi —sí, precisamente Epi, y le llamábamos así porque se parecía al de Epi y Blas— se estaba burlando de él, y es que la gente tiende a creer que los que llevan gafas son más torpes y cobardicas, grave error, y se las quitó y le atizó un buen mamporro en la chola, porque para acertar a Epi en el melón no era necesario ni ver muy bien ni tener puntería por láser, y Epi cayó seco y desde entonces nadie le llama ni Gafotas ni Piesplanos, y es una lástima que el mundo funcione así, por las malas, y que con demasiada frecuencia haya que ganarse haya que ganarse me estoy rayando otra vez haya que ganarse el respeto a mamporros y no con razonamientos, ni siquiera con los gestos de buena voluntad, porque hay gente que se aprovecha de los que son buenos y confunde bondad con estupidez, cuando en realidad son dos cosas que no tienen nada que ver, aunque tampoco estoy de acuerdo con los que sostienen lo contrario, que la maldad es falta de inteligencia, otra chorrada.

Bueno, lo de que todas estas anécdotas no tienen nada que ver con Sara no es enteramente cierto, porque yo se las contaba, para que supiera mejor por dónde se andaba, y ella me escuchaba con mucha atención, aunque eso sí, sin posar sus ojos en los míos más de dos segundos seguidos, sus ojos iban y venían, como la luz de un faro, y cuando su mirada se encontraba con la mía se detenía un poco más, pero luego continuaba barriendo los alrededores, y reconozco que en ocasiones me ponía en el papel de protagonista o me inventaba algo para salir bien parado, y me quedaba encantado de que mis mentiras colaran. Saraescondeojos tenía las manos grandes, aunque no tanto como ella creía, no eran ni mucho menos unas manazas o unas manotas, y aunque afirmaba que eran horribles, a mí me gustaban, porque eran más bien grandes, pero para nada bastas, y es que Saratriste exageraba siempre sus defectos. Cuando yo refería todas esas historias a Sara a veces me repetía, porque mi memoria no es de las mejores del país y ni siquiera de la comunidad y no recordaba si ya se lo había contado o no, y cuando me repetía y ella lo señalaba, yo lo pasaba casi tan mal como Teresa en la pizarra sin tener ni idea de senos ni de cosenos, porque tenía la sensación de que era un pesado y tierra trágame. Por eso hay episodios y pensamientos que me reservo a propósito, para tener siempre la posibilidad de soltarlos y sorprender, y así nuestro matrimonio no será un aburrimiento, y ya sé lo que pensaréis muchos de vosotros, que pensar en el matrimonio a nuestra edad es un infantilismo, bueno, pues me importa un pimiento lo que penséis, y yo soy el primero en saber que lo más probable es que nunca me case con Sara, y los sueños, sueños son, pero eso no quiere decir que imaginarlo sea una tontería, sólo quiere decir que el mundo da muchas vueltas y bandazos, y a lo mejor más de los que debiera. Hablando de peleas y puñetazos, yo solamente me he peleado una vez, porque nunca me pego con los del colegio de curas porque hayan invitado a alguna de nuestras chicas al cine o a una fiesta o hayan dicho groserías al verla pasar, menudas berzas, guapa, o qué ojos tan bonitos tienes, ¿me das un beso?, o hala, mira, mira qué culito, mira qué culito cómo rima con bonito, y otras estupideces. La única vez que yo me peleé fue por Zac. Zac es mi hermano pequeño, como ya os he dicho, ¿veis?, ya me estoy repitiendo, como a veces con Sara, y lo que más le gusta del mundo son los indios, los arcos, las flechas, los tomahawks, sus pinturas de guerra y sus plumas de águila y sus caballos, y si pudiera elegir, si pudiera dar un botón, yo creo que nacería en las praderas con los sioux-dakota o en el desierto de Sonora con los apaches mezcaleros. Las películas antiguas en las que siempre pierden los indios y de un sólo disparo caen siete y los rostros pálidos no fallan ningún tiro le dan una rabia tremenda y quiere apagar el televisor, y no le sirve de consuelo el que yo le diga que los indios se tiraban de los caballos para hacerse los muertos, porque si se fija bien aunque maten a cincuenta en la siguiente escena sigue habiendo los mismos dando vueltas alrededor de los carromatos. Mi hermano pequeño me llama Zarpas, porque una vez le destrocé involuntariamente una batalla de indios y vaqueros de plástico, y desde entonces dice que soy un manazas, porque esa misma mañana había roto una bombilla al cambiarla, y por la noche se me cayó un huevo al sacarlo de la nevera, menudo día, eso fue hace tres años y desde entonces me llama Zarpas, y también porque le gustan las palabras que empiezan por zeta, como zampar, zorro, zapato o zarrapastroso, que es como llama a los árbitros cuando no le pitan un penalti al Madrid. Yo a él le llamo Pierna Roja, y le digo que hubiera sido un gran jefe indio valiente y noble y bastante sanguinario y con la tienda llena de cabelleras de sus enemigos, pero a mujeres y niños no, Zarpas, claro que no, Pierna Roja, tú sólo matarías guerreros blancos que quieren robar tus territorios y matar a tu familia, y le llamo Pierna Roja por eso de que le encantan los indios y porque tiene una mancha de nacimiento roja que le cubre todo el muslo, desde la ingle hasta la rodilla incluida, y creo que es por exceso de vasos sanguíneos en esa zona. Bueno, pues hace dos cursos, la primera semana, cuando por primera vez se puso el pantalón corto de gimnasia, unos abusones de un curso más pequeño que el mío le quitaron el balón y empezaron a meterse con él, a reírse de su mancha roja, de su eritrodermia, aunque por supuesto esos imbéciles no sabían ni que existiera esa palabra, eh, niñita, ¿qué te pasó, te caíste en un barreño de pintura?, no, en uno con aceite hirviendo, qué va, lo que le pasa es que esa pierna está cruda, y por suerte yo andaba cerca y fui a ver qué pasaba, y al oír que uno decía qué pierna tan fea, niñita, fui directo hacia uno de esos cerdos y le aplasté la nariz de un puñetazo, y como contaba con el factor sorpresa relámpago elegí al más fuerte, y he dicho que eran de un curso inferior al mío, pero dos de ellos eran bastante grandullones, así que se montó una buena, yo repartí como un buen samaritano y recibí como Hacienda, y por fin llegó una profesora de gimnasia y nos separó con ayuda de su pandero, quiero decir un pandero de verdad, musical, uno de los otros estaba sangrando y me alegré y cuando fui con Zac empezó a dolerme todo, la cara y las manos y los brazos y una pierna y el culo, porque me habían arreado una patada en la retaguardia a traición, y cogí a Zac en brazos, porque él tenía siete años y yo catorce, y luego le dejé en el suelo, para que él no pareciera tan pequeño, y le acompañé a su clase, cogidos de la mano, y Zac me dijo: Qué bestia eres, Zarpas, has podido con todos, y yo le dije: No hubo más cáscaras, Pierna Roja, ya sabes que sólo me peleo cuando no hay más remedio, y yo estaba orgullosísimo, aunque estuviese todo magullado y me doliera medio cuerpo, el culo incluido, pero es de las veces que mejor me he sentido en mi vida, y le pregunté: ¿Qué tal aspecto tengo?, y él me dijo: Extra, Zarpas, ni te tocaron, ni que se creyeran que eras un enfermo de esos que iban con campanitas, y se refería a los leprosos, porque hacía poco habíamos visto en la tele *Quo vadis?*, si es que ésa es en la que salen los leprosos, y luego, cuando me miré en el espejo, vi que tenía un pómulo rojo y el labio hinchado, y pensé que Zac no me lo había dicho para no asustarme, o a lo mejor es que en ese momento me admiraba tanto que ni siquiera veía mis heridas de guerra, y cuando le dejé en el vestuario le di un beso, y le dije: No te importe lo de tu mancha, Pierna Roja, para mí es chulísima. Entonces él me pidió que le enseñara la mía, y me descalcé y le enseñé mi mancha marrón, no más grande que una moneda de cinco duros de las antiguas, cerca del tobillo, y él me guiñó un ojo y se me-

tió corriendo en el vestuario, porque llegaba tarde, y
ésa fue la única vez que me he peleado en mi vida,
y no fue por Sara ni por los atrevimientos de los del
colegio de curas ni por nada que me dijeran a mí, fue
por Zac.

5

Sara se había perdido la última hora de clase porque tenía dentista, odontólogo, como diría el pedante de Vázquez, nuestro brazalete negro, y hecho ya el esfuerzo de pedirle el teléfono, que casi aumento la fila de parados, pero de los cardiacos, la llamé nada más llegar a casa e inicié la conversación preguntando por lo del dentista, que en realidad me importaba un pito, y Sara se enrolló y por fin dije lo que me interesaba, que si nos veíamos esa tarde, y quedamos, y ella me regaló el *Stabat Mater* de Pergolesi, y yo pensé, huy, qué simpática, ¿me la tendré ligada?, y al día siguiente volvió a sacar el tema de lo de los exámenes, y yo pensé que qué casualidad lo del regalo el día anterior y que quería engatusarme y que yo fuera el chivo expiatorio y la cabeza de turco y el pim-pam-pum y no sé cuántas cosas más, y en lugar de enfadarme, pensé, pues aquí me tiene, porque el amor es salvaje y ciego y crece anárquico y espinoso como las zarzas, y es bastante estúpido, todo hay que decirlo. Sara me explicó que escuchaba por las noches esa música, el dolor de la madre ante el sufrimiento y la muerte del hijo, y no los escribo con mayúsculas no por falta de respeto, sino porque es un tema universal, no sólo la Virgen María y Jesucristo, sino el dolor de cualquier madre por el hijo perdido, y Pergolesi murió con veintiséis años, quizá de tuberculosis, que es la enfermedad romántica por antonomasia, y para mí fue un genio, y el texto es del siglo XIII y es un canto a ese dolor y también a la esperanza de que ese sacrificio sirva para redimir o salvar a la Humanidad, y está escrito para la fiesta de los Siete Dolores de la Virgen María. Aquella tarde, la primera que quedamos, la primera que nos vimos fuera del colegio, Sara me dijo que era egoísta, y en algunas circunstancias mala, y que a veces tenía arrebatos de violencia y luego no se acordaba de nada, y yo la escuchaba fascinado y sin saber cuánto había de verdad y cuánto de exageración o pose en aquello que me decía. Me dijo que no se gustaba nada, es más, me dijo que se odiaba a sí misma y que se quería morir, y yo repuse, qué buena propagandista de ti misma eres, pero que no tenía valor para suicidarse, y hasta cierto punto ese tema lo saqué yo sin querer, porque le conté que en Ética habíamos tenido un debate sobre la eutanasia. Se me pasó por la cabeza besarla, pero no me atreví, mientras ella me hablaba de lo mal que se sentía, con sonrisas que nacían y se morían cada dos segundos, con gestos de actriz desvalida, vulnerable, al borde del precipicio, pero yo le tendería la mano y ella se salvaría en el último momento. En el cine cogí una postal y se la regalé. Después, creí ver que la tiraba disimuladamente en una papelera, y eso me desalentó bastante, porque pensé que ella no sentía nada especial por mí y que lo de Pergolesi a lo mejor lo tenía repetido y por eso me lo había regalado, para quitárselo de encima, y lo de ir al cine conmigo, bueno, yo qué sabía, a lo mejor iba todos los días con un chico diferente, y además a las de mi curso a veces les gustan los de cursos mayores. Yo *siempre* soy puntual, dijo ella con bastante orgullo, cuando yo llegué un minuto tarde. Devoro los libros, dijo, sin venir a cuento. Eso fue lo primero que dijo aquella tarde, después de lo de su puntualidad. Devoro los libros. Si empiezo uno, no puedo parar. Menos mal que el papel no engorda, dije, y ella se rió.

—Pero se hace con celulosa, ¿no? ¿Y si los libros dan celulitis?

Y entonces me reí yo. Mientras veíamos la película observé que se secaba una lágrima. Pensé que usaba lentillas, y por eso la lágrima. Se lo comenté a la salida, mientras tomábamos una caña.

—No, pero soy miope. 0,50. ¿Por qué me lo preguntas?

—Vi que te quitabas una lágrima en el cine, y pensé que te molestaban las lentillas.

—Es que me está saliendo un orzuelo —explicó—. Me gusto más con gafas, por eso nunca las uso.

—¿Para gustarte menos? —me extrañé.

—Sí —dijo—. Menos todavía —remachó, y sorprendentemente, sacó del bolso unas gafas muy negras y se las caló con ademán decidido, de actriz que se dispone a entrar en la Caja de Ahorros metralleta en mano, Saraasaltabancos.

De pronto, tuve unos incivilizados deseos de huir.

—Me voy —anuncié.

La vi tan guapa que comprendí que si me quedaba medio minuto más iba a enamorarme irremediablemente de ella y muy probablemente por los siglos de los siglos y mi alma en pena vagando y gimiendo y suspirando y repitiendo su nombre Sarasarasara¿dóndestás? y arrastrando cadenas como los galeotes y los fantasmas. No lo he dicho antes, pero iba vestida con unos vaqueros gastados, unas sandalias de plástico de esas de andar por la playa, pero con tacones, y una camisa blanca con flores azules, y a mí me encantaba su estilo, y ahora, al ponerse las gafas con un decidido gesto de mujer fatal, estuve a punto de caerme de espaldas, parecía una actriz despampanante, rubia y resuelta y muy peligrosa, en sus manos un estilete, en sus labios un veneno de matar. ¿Por qué siempre huyes despavorido?, me preguntó al día siguiente, y es que ella era siempre así de exagerada: un día que me iba, y ya decía *siempre*, un día que era puntual, y ya decía *siempre*.

—¿Por qué te vas tan pronto?

—No lo sé, pero me voy.

Dejé el dinero en la mesa y salí escopetado. Ella salió detrás, y desde la puerta gritó:

—¡Eh!

Yo me volví.

—¡Odio que me digan que estoy guapa!

Yo no contesté, me di la vuelta y salí corriendo como un conejo, y pensé, entonces, ¿por qué se arregla tanto? Giré la cabeza un instante y me pareció ver que Saracontradicciones se reía, y seguí corriendo hasta doblar la esquina y sentirme a salvo del amor que me acechaba en cuanto ella abría la boca o hacía cualquiera de sus gestos de cristal de Bohemia, seguí corriendo con el compacto de Pergolesi bien agarrado entre los dedos, y así fui corriendo hasta donde Cristo dio las tres voces y luego hasta donde perdió el gorro y luego hasta mi casa. Al día siguiente, como ya he dicho, me habló de lo de robar los exámenes: eso, para que os fiéis de las chicas, buenas son.

6

Hay algo importante que no he dicho, y es que Sara no era especialmente guapa, excepto para mí. Tampoco era fea, objetivamente era normal, tirando a mona en todo caso, según los momentos, una de tantas, como decía Damián, y desde luego yo mismo tenía que reconocer, cuando estaba en disposición de acometer semejante ejercicio de imparcialidad, que no destacaba por guapa. Josefina, la guapa de la clase, la macisex, como la llamábamos Polo, Santi y yo, ésa sí que estaba buena, era la guapa oficial de la A. Pero para mí Sara era muy guapa, porque me gustaban las cosas que decía, aunque a veces fueran tan tristes, y me gustaba su forma de pensar, aunque a veces fuera tan negativa, de entender el mundo, o de no entenderlo. Antes a mí también me gustaba Josefina, pero en cuanto llegó Sara empezó a gustarme Sara, y lo que hubiera podido ser una especie de amistad, de hermoso lago tranquilo, inmediatamente empezó a convertirse en otra cosa, en una corriente turbulenta y subterránea, así que nunca fue una verdadera amistad, porque no tuvo tiempo, y a veces eso es el amor, aunque quede muy feo decirlo, un aborto de amistad. Ahora Josefina no me gusta, por mucho que Polo diga que quien tuvo, retuvo. No sé si lo he dicho, pero con frecuencia el sueño de Sara era intranquilo, lleno de sobresaltos. Después de una pesadilla le costaba mucho volver a conciliar el sueño, y se pasaba lo que quedaba de noche en blanco, y a eso lo llamaba las noches blancas, que no tienen nada que ver con las noches blancas del norte de Europa, y el sudor de la pesadilla se secaba, y amanecía y ella era la primera de su casa en levantarse, incluso contando a su padre, que entraba en su estudio a las 8.30. Porque lo que sucede es que Sara tiene una sensibilidad que no es normal, y a mí eso me impresiona. Recuerdo que hace no mucho nos dimos un paseo después de estudiar en su casa, y nos paramos ante el escaparate de una pescadería. Ella dijo: Ay, vámonos, y yo dije: ¿Por qué?, y ella dijo: Me da cosa ver a los pescados así, toca, mira cómo se me ha puesto la piel. La toqué y miré la piel de su brazo desnudo, y efectivamente se le había puesto de gallina, y sus pelitos, rubios y muy finos, parecían alambres de oro. Anduvimos calle abajo, y a los dos segundos su piel ya volvía a estar lisa y normal, y sus pelos seguían pareciendo hilillos de oro con los que se podría coser el vestido de alguna princesa oriental. Bueno, seguramente Josefina es mucho más guapa, y a lo mejor Silvia es más lista, pero seguro que a ninguna se le pone la piel de gallina por ver unos pescados muertos entre trocitos de hielo en el escaparate de una pescadería.

7

Un día, cuando me acerqué para hablar con ella, me dijo, sin ni siquiera saludarme:

—Yo nací desnuda y sin vergüenza... ¿Por qué ahora me visto, por qué ahora tengo vergüenza?

Yo no supe qué contestar, y como advertí un brillo de pesar o de melancolía en sus ojos, dije:

—Ayer estabas tan alegre que parecía que volabas, y esa alegría era contagiosa.

—Pero ayer es ayer y hoy es hoy —respondió—. Y hoy estoy triste.

—Me gustaría que me llamaras un día triste, verte llorar.

—Eso es fácil —dijo ella—. Todos los días, a las doce de la noche: es casi como el riego automático del jardín de Santi.

Se acercó Graciela para pedirle a Sara la ficha de Geografía del día anterior, y sonó el timbre y tuve que irme a mi sitio. Graciela se sentaba con Sara y le gustaba algo a Polo, o puede que bastante. Resultaba muy atractiva por la seguridad con que lo decía todo, de una manera displicente, chula, casi arrogante, pero sin llegar a molestar, simplemente trasluciendo una confianza en sí misma que ya quisiera yo para mí, y la forma de mirar, y la actitud, y las contestaciones, puede, qué más quisieras, ja, eso piensas tú, ¿acaso tú no?, no te doy un beso, porque ¿y si me gusta? Comimos Sara y yo juntos y solos, porque Polo se fue con Epi, Gobi, Damián y Cachito, y Santiaguín le echó huevos y se fue con el grupo de Espinita, que era un grupo aburrido y pesado, como de señores mayores y con trabajo y las cosas son así porque así son las cosas. Durante la comida, Sara me contó que hace un par de años su hermana mayor, la que estaba casada y no vivía con ellos, esperaba un niño. Sus familiares le habían traspasado montones de trajecitos de sus primos. La hermana mayor perdió el niño antes de que naciera, y Sara la vio una tarde empaquetando en silencio toda la ropita que había extendida en el cuarto, doblándola con mimo, los pantaloncitos, las camisitas, metiéndola cuidadosamente en bolsas, los zapatitos, los baberitos. ¿Por qué me cuentas eso?, le pregunté. Para que veas qué terrible es el mundo, me contestó. ¡Como si yo no lo supiera!

—Oye —dije—. ¿No puedes contarme cosas alegres, para variar?

—No. Bueno, sí —rectificó—. Hace cinco días soñé que me cortaban el pelo y las uñas, y que me dolía muchísimo, pero no podía hablar, era una tortura horrible, un suplicio, era un sueño pero era real, yo podía sentirlo.

—¿Y eso es alegre para ti? —dije, enfadado, porque lo decía para hacerme rabiar—. ¿Dónde demonios está lo alegre?

—Lo alegre es que hoy no he soñado eso. Y cómo eres, a veces te cuento cosas alegres —añadió, al ver mi cara.

Y aunque yo debería haberme enojado con ella,

eso de y cómo eres lo dijo de una forma tan modosa y tan femenina, que no me pude levantar para irme: eso, para que os fiéis de las mujeres. Y por si fuera poco, agregó, con fingida inocencia:

—¿Hoy vas a escuchar a Pergolesi?

—Ya veremos —dije, creyéndome muy duro por no decir directamente que sí.

Y entonces me fui sin tocar el postre, primero porque era una manzana de esas amarillas que a mí me repugnan, y segundo porque me parecía que estaba haciendo el ridículo. Me levanté tan rápido —tan despavorido, como decía ella, y al final iba a tener razón en eso de que huía siempre despavorido— que golpeé con la silla a Josefina, que en ese momento pasaba por detrás de mí. Nos quedamos frente a frente, separados sólo por tres centímetros, por lo menos nuestras narices, nuestros apéndices nasales, como diría Vázquez, ay, creo que me he roto el apéndice nasal, decía, el muy quejica, y luego nunca tenía nada, porque la mía era muy larga y la de Josefina tampoco se quedaba corta. Decía que la nariz le había crecido tanto por decir muchas mentiras de pequeña, y la boca de tanto reírse de esas mentiras, porque la boca también la tenía grande, algún día te van a echar una carta, le decía Carolina, pura envidia.

—Ay —dijo la macisex de la clase, de buen talante—. Qué impulsivo.

Josefina siguió andando, y entonces oí la voz de Sara a mis espaldas.

—Tranquilo, chico, un poco más y te da un ataque al corazón.

—A mí Josefina no me gusta —dije sin volverme, como si me hubieran amenazado con una pistola, y pensé en contestar, tranquila tú, chica, respira, tengo un corazón a prueba de bombas y de marilynmonroes y de mordiscos de tiburón, ¿no ves que estoy enamorado de ti en alto secreto materia reservada y nadie se entera y mi corazón a prueba de agua y de campos magnéticos y de choques y de sustos resiste y resiste y vuelve a resistir?

—Me habrán informado mal —replicó Sara, y creí advertir un ligero temblor en su voz.

—Eso era el año pasado.

—¿De verdad?

Y me fui encantado, sin responder. ¡Saracelosa! ¡A lo mejor yo le gustaba! Era la primera vez que lo pensaba, el primer indicio que tenía, aparte del teléfono y el *Stabat Mater*. ¿Y si todo salía bien? Tengo la sensación de que ya lo he dicho, y además no hace mucho, así que a lo mejor me estoy repitiendo, como a veces me ocurre con Sara, y si esto es así a mis dieciséis años, no sé qué será de mí cuando sea un anciano con la cabeza ida, me presentaré al Concurso del Viejo más Pesado del Mundo, y si no lo gano, porque los españoles la verdad es que casi nunca ganamos un campeonato mundial de nada, al menos seguro que subiré al podio, renqueante y coñazo como yo solo. Bueno, el caso es que tengo que reconocer que a mí, exceptuando a Sara, la que más me gustaba de la clase era Josefina, por el único o al menos principal motivo de que objetivamente era la más guapa, y eso no demuestra que yo sea un imbécil y un frívolo, sino, simplemente, que soy humano y sincero. Pero ya he dicho que para mí, sin discusión, la más guapa era Sara, y más a partir de aquel temblor de voz. Como para los demás, también sin discusión, seguía siendo Josefina, había decidido no discutir con nadie sobre ese particular. Y que se jodieran, porque a Josefina le gustaba un chico de 3.º del colegio de curas, que además era un chulito y un imbécil. Cuando estábamos en clase de Literatura, Josefina perdía en mi clasificación su segundo y bastante honorable puesto en favor de la profesora. La Rivera era joven, delgada, con la media melena castaño claro siempre muy peinadita y limpia, menuda, un poco como Michelle Pfeiffer, y yo creía que me tenía enchufe. Con cierta desilusión comprobé que todo quisque se creía lo mismo, incluidas las chicas. La clase de Literatura se pasaba con fastidio, ante la inminente llegada del García Sanjuán, el ogro matemático invariablemente vestido de negro. La clase del Sanjuán era la única en la que se oía el vuelo de las moscas. Tenía unos cincuenta años, el pelo canoso, el porte erguido a pesar de la leve cojera que arrastraba, y la verdad es que tenía muy buena pinta y sé que les gustaba a dos chicas, porque sin querer puse la antena, y dijeron que estaba para comérselo, y no digo a cuáles para que luego no me acuséis de marujona, y que qué más les daba la diferencia de edad, así sabría más cosas, ji, ji, ji, cómo eres, X, qué cosas dices, anda que tú. El Sanjuán siempre llenaba la pizarra de numerajos y letrujas incomprensibles, por lo menos para mí, y cuando alguien no entendía nada, o mejor, cuando alguien osaba reconocer que no entendía nada, decía:

—Pero mirad que sois brutos, hombre, si esto lo entiende hasta Cachi.

Y Cachi, que no había entendido ni patata, no se atrevía a decir ni pío, y el Sanjuán volvía a explicarlo, y otra vez la casi totalidad de la clase se quedaba como estaba, y lo que yo hacía era aprenderme de memoria algunos pasos de las demostraciones, y cuando acababa la clase, las discusiones entre nosotros, es muy mal profesor, porque impone mucho y da miedo preguntar y así nadie se entera de nada (los chicos), es muy bueno, lo que pasa es que os fastidia que no podáis armar cachondeo (las chicas), y además, si os fijáis, nunca castiga a nadie (las chicas), y es muy distinguido (otra vez las chicas), vale, vale, pues a ver si os vais con él al parque y nos dejáis en paz (los chicos).

La clase de Matemáticas era la última y, cuando acabó, acompañé a Sara hasta el metro. Fue entonces cuando me dijo que iba a robar los exámenes y que había que hacer un plan y que contaba conmigo. Estuvimos un rato discutiendo, yo argumentaba que eso era aprovecharse y que perjudicábamos a los demás.

—Bah —dijo ella, quitando importancia al asunto—, ¿te hago el honor de escogerte como cómplice, y así me lo pagas? ¿A quién haremos mal por pasar de *Insuficiente* a *Bien. Mejora sorprendentemente*? ¿Crees que el mundo se va a parar por eso? ¿No te das cuenta de que esto puede ser el inicio de una hermosa amistad?

Seguro que ya lo habéis adivinado: Sara me convenció, en cinco minutos me hizo de su partido, me fichó para el sindicato del crimen, a mí, que no le quitaría ni una miga de pan a una hormiga, y mientras ella hablaba y hablaba yo ya ni la escuchaba, toma Pergolesi, pensaba, ¿para eso me había camelado, para eso el teléfono y el cine, para eso Maquiavelo?, porque ella había leído *El príncipe*, y ella leía *El príncipe* y yo *El principito*, y ella maquinaba y maquiavelaba y yo me enamoraba y principiteaba, y Sara me cogía de los dedos para convencerme, como si le hiciera falta usar trucos rastreros de fulana de tal, y sonreía no falsa, sino insegura, y miraba a mi derecha y a mi izquierda y nunca a mis ojos más de

46

tres segundos seguidos, y yo pensando, ¿así que era por esto? ¿Me usará de saco de arena, de testaferro, de hombre de paja, de chivo expiatorio, en caso de que todo salga mal, el tiro por la culata y el gato por la ventana? ¿Y si me expulsan, vergüenza para mí y mis descendientes? ¿Y mis padres? ¿Y Pierna Roja, qué clase de ejemplo le voy a dar yo? ¿Y si es una infiltrada del gobierno, del Ministerio de Educación, y si es una descubridora de robaexámenes, y si es una traidora, una agente doble al servicio de la madrecita Rusia?

—... no vamos a poder robar *todos*, por supuesto, ni falta que nos hace —estaba diciendo Sarahurtaojos, mientras yo casi ni la escuchaba, sumergido en un torrente de suposiciones disparatadas y casi paranoicas—, pero el de Matemáticas es prioritario. Tampoco estaría mal el de Latín, porque la Chispazos está como una tómbola, y a saber qué pregunta, pero cualquiera estaría bien. Hoy me he pasado por el despacho a preguntar una tontería, la semana que viene te tocará a ti. Hay que averiguar en qué armario los guardan. Habrá que forzarlo, claro, o conseguir una llave, que es más crudo, en las novelas policiacas y de espías sacan moldes con una pasta, y luego fabrican llaves falsas...

—Réplicas —dije yo, como un tonto haciéndose el listo, réplicas, pues vale, eso iba a cambiarlo todo, para eso te callas, atontado.

—Sí, réplicas —dijo Sara, condescendiente—, pero yo no sé qué material se usa, y ni tú ni yo somos McGiver. Tendremos que hacer algo así como quedarnos a entrenar por la tarde, y fingir un mareo, romper la cerradura y esperar que haya suerte y que tarden uno o dos días en darse cuenta. Y sobre todo, que no nos cojan *in fraganti*. Y recuerda, no seas débil, al que cojan, callado como un muerto, ya sabes la suerte reservada a los chivatos, cuijjjjj —Sara hizo un gesto superdesagradable de cortar el cuello—. ¿Estás conmigo en esto?

—Supongo que sí —dije, mientras pensaba, coger, uno de esos verbos chaqueteros que usan la ge o la jota según les conviene.

—Supongo no. Sí o no.

—Sí —cedí.

Y pensé: toma Pergolesi, ¿estás contenta, Saraconvenceidiotas?

8

Butragueño, cuando era un chaval de la edad de Zac, o más pequeño incluso, entrenaba regateando a su perra. Yo ya estaba en la edad en la que uno va abandonando a sus ídolos para no sustituirlos por otros, pero Pierna Roja estaba inmerso aún en esa época, y tenía dos héroes: Butragueño y Toro Sentado. Sus segundos héroes eran Jerónimo y Míchel. Jerónimo, Toro Sentado y Butragueño acabaron bastante mal. Este año Míchel tuvo una lesión gravísima, y no se sabía si se recuperaría. Jerónimo y Toro Sentado —Totanka-jotanka, en sioux— acabaron mal por culpa de los rostros pálidos, o de la Historia, si se prefiere diluir responsabilidades. Butragueño era bastante rostro pálido, y acabó mal su carrera en el Madrid.

Di Stefano fue el que hizo debutar al Buitre en Primera División. El Madrid iba perdiendo 2-1 contra el Cádiz, y él marcó dos goles. Llevaba el número 14 a la espalda, el favorito de Cruyff. El Madrid ganó 2-3, y él tenía 21 años. Para mí, Butragueño era un genio. Pergolesi era otro, y es una pena que muriera tan joven, con veintiséis o veintisiete años. Beethoven, Mozart y Goya eran otros genios. Picasso también, pero a mí Picasso nunca me cayó bien. Van Gogh sí, porque se hizo misionero y vivía en la más absoluta pobreza y se preocupaba por los demás. Para Santi, Pitágoras y Aristóteles eran unos genios. Para Sara, fueron genios Kafka, Matisse, Shakespeare y Cervantes. Una de las canciones favoritas de Sara era *I don't like Mondays*, de los Boomtown Rats. A Sara no le gustaban nada los lunes, y odiaba los domingos. Yo creo que a casi ningún estudiante le gustan los lunes, y a muy pocos los domingos. El domingo es un día raro, todo el mundo prefiere los sábados. De alguna manera, es injusto: los sábados son buenos porque luego viene el domingo, y en cambio los domingos son malos porque luego viene el lunes. Esa canción trata de una chica que se lió a tiros en su escuela, y cuando le preguntaron que por qué lo había hecho, respondió: No me gustan los lunes. Es una historia triste y verdadera. A mí los domingos me gustaban por los partidos de fútbol. A veces jugábamos a las 9, y entonces era horrible, porque a lo mejor el sábado habíamos estado de juerga hasta la una, y el domingo amanecíamos ojerosos y con resaca. Lo peor era cuando fallaba Perales, el portero, porque si falta cualquier otro, se le sustituye, pero nadie quiere sustituir al portero, y eso pasa siempre, en cualquier equipo de fútbol. Podría parecer que, ya que hay diez jugadores de campo y un único arquero, siempre debería haber arqueros de sobra. Pues bien, no. Yo creo que para ser portero hay que ser un poco raro, no hay más que ver lo tocados que están la mitad de los profesionales, que por cierto son casi todos zurdos, aunque la verdad es que Perales era un tío de lo más normal y además diestro, así que a lo mejor lo que sucedía es que no era un portero de verdad. Jugábamos en una liga de lo más infame, y como el que nos había inscrito era Vázquez, él era el capitán, y estaba orgullosísimo de serlo. A los demás nos la traía sin cuidado quién llevara el puñetero brazalete, y las alineaciones, al final, las hacíamos entre Polo y yo, que éramos los que mejor jugábamos, aunque casi siempre jugábamos todos, porque casi nunca éramos más de trece, y Vázquez tenía que conformarse con echar a suertes para ver quién sacaba y quién elegía campo. Esteban, de la B, era el que traía el balón, y por eso mismo y porque tampoco era demasiado malo, tenía siempre un puesto asegurado en la alineación titular. Una vez que quisimos ponerle de reserva, dijo que no nos dejaba el balón, como un crío de cinco años, y el partido empezó con diez minutos de retraso y cabreo generalizado contra Esteban, pero con él de titular y con el dichoso baloncito en el centro, y todos dándole las patadas que nos hubiera gustado darle en el culo a Esteban. Entonces hicimos una colecta y entre todos compramos un balón de reglamento, y Esteban fue reserva el siguiente partido, pero después de la sanción recuperó la titularidad, porque no era Maradona pero tampoco era tan madero como Blas, por ejemplo. El partido más desastroso de todos fue uno que perdimos 11 a 2, en parte por culpa de Perales, y no porque jugara mal, como de costumbre, aunque siempre había que hacerle la rosca, porque a la menor crítica amenazaba con no jugar, pues ponte tú, y el criticón punto en boca, sino justamente porque no jugó.

—Hoy no va a venir el cancerbero —anunció en el vestuario con aire grave Vázquez, que, como llevaba el puto brazalete negro, se encargaba de llamar a todos, lo cual resultaba muy cómodo para los demás, porque a algunos había que rogarles, y suplicarles, y decirles que íbamos a ser ocho, y era un coñazo tener que ir detrás de la gente para jugar un maldito partido de fútbol—. Me ha llamado justo antes de salir diciendo que está malo.

—Sí, malo —dijo Cachi—. Ayer se cogió un pedo de colores, se tomó tres minis y dos cerebros, y iba por ahí intentando agarrarse a la primera que pasara.

La verdad es que Cachi usó otras palabras, francamente groseras. En cambio, Vázquez era un pedante de cuidado, siempre decía cancerbero, o medio volante, o verbigracia. Yo creo que lo bueno es un término medio entre Vázquez y Cachito, no hablar como un diccionario antiguo, pero tampoco como una alcantarilla.

—Tendremos que turnarnos —dijo Vázquez—. ¿Cuál es vuestro parecer?

—Qué remedio —contestó Polo por todos.

—Somos nueve —observó Gobi, despejando la duda de si sabía contar.

Gobi no jugaba demasiado bien, y encima también en el campo ejercía de chulito y de guaperas, jugaba como si no quisiera despeinarse, el muy maricón, pero en su favor hay que decir que era de los que casi nunca faltaba.

—Es cierto —dijo Esteban—. Quien falte, aparte de Perales, que lo diga.

—Vale, Einstein —se mofó Blas, que como jugaba sin gafas no veía un pijo, y como a veces había camisetas de diferentes colores en ambos equipos, solía pegar un pelotazo a voleo para delante y gritar: ¡Pero desmarcaos, coño, que aquí no se mueve nadie!

Esteban no entendía de qué nos reíamos, porque era un poco corto.

—¿De qué os reís? ¿De qué os reís?

—Falta Chisplau —observó Epi.

—Aún tenemos diez minutos.

Ferrer llegó a las cinco, con un amigo.

—Qué, pringaos, que creíais que os dejaba en la estacada, ¿verdad? Sabía que iba a faltar Perales, y por eso he traído aquí a un colega, el Mendi.

Echamos a suertes el orden de porteros, ocho minutos cada uno.

—Un minuto de silencio —dijo Joaquín, el más cerdo del equipo, y que cuando se enfadaba ponía mirada de loco, y que quería ser anestesista y ver en bolas a las pacientes, con esos datos calcúlese su coeficiente intelectual—. Ayer se murió mi perro.

Y todos nos quedamos sin saber si era una de sus extrañas bromas o si era cierto, pero por si acaso, estuvimos en silencio durante un minuto, y sin movernos, un minuto que nos pareció eterno, y Joaquín estaba con los ojos cerrados, y yo me preguntaba, ¿se estará riendo de nosotros, o estará pensando en su perro o en las pacientes en bolas con anestesia general?, y por fin Joaquín dijo: Ya ha pasado el minuto, y todos respiramos aliviados.

—Bueno —dijo Vázquez, que ya había terminado de cambiarse y tenía en las manos el balón comprado en régimen de cooperativa, todavía nuevecito, aunque tres o cuatro partidos más sobre la ingrata tierra y ya comenzaría a despintarse y a parecer viejo—. Voy saliendo, para que los rivales no se pongan nerviosos y quieran descalificarnos. Supongo que no pondrán peros a lo de rotar de portero cada ocho minutos. ¿Qué táctica seguimos hoy?

—La de que te tiras un pedo, y atufas al portero.

Vázquez salió un poco abochornado, rodeado por un coro de risas, y es que sus pedos eran famosos, por lo que le llamábamos Podrido Vázquez. Una vez se tiró uno en el vestuario, y cuando volvimos, allí estaba todavía el cuesco, esperándonos como si tal cosa.

El tal Mendi resultó ser una patata frita bastante importante, y la verdad es que la soba que nos dieron fue merecida, aunque Cachi culpó al árbitro por no pitarle un supuesto agarrón dentro del área, árbitro, cucaracha, ¿dónde se dejó las gafas?, tarjeta amarilla, ¡árbitro, joder!, ¿es que está ciego?, ¿no ve cómo me agarran, cojones?, ¡como venga a mi consulta le saco los dientes güenos con tenazas, coleótero!, segunda tarjeta amarilla y expulsión, ¡ande, váyase a cagar, gilipollas!, mire, mire cómo me importa que me eche de esta mierda de partido (gesto obsceno que no especifico), cucaracha, amargao, posibilidades de suspensión por cuatro partidos, y Blas hizo notar que habíamos tirado un tiro al poste que pudo haber cambiado el signo del partido, ¿cómo te enteraste, Blas?, ¿por el sonido?, pero eso no explicaba suficientemente el 11 a 2, Polo metió un gol de cabeza, valiente testarazo, como dijo Vázquez, y a mí me marcaron uno desde el quinto pino, cuando estaba de portero, bajo los palos hemos flojeado, como apostilló Vázquez en el resumen que hacía de cada partido durante la ducha, porque me creí que estaba en el centro y el tiro se iba fuera, y luego resultó que yo estaba a un lado de la portería y el balón se coló por el otro, tú, Juan, exceso de vista, y el que te metieron a ti, Cachi, de libro, te quedaste a media salida y ni oliste el esférico, después nos tomábamos una caña o una clara o un refresco y nos reíamos de los imbéciles de los contrarios, de nuestros fallos, del memo del árbitro, de las tarjetas que nos habían sacado a nosotros y las que no les habían sacado a ellos, de las amenazas del quinqui de Joaquín, nuestro leñador oficial, ven, ven, acércate por aquí, que ya te tengo encargadas las muletas, y nos indignábamos por los fueras de juego, los penaltis no pitados y las patadas recibidas, y también hablábamos de chicas y de los profesores y de cotilleos del colegio, y a mucha gente no le gustan los domingos, Sara incluida, y ni que decir tiene que entre nosotros no había ningún genio, ningún Pergolesi ni ningún Pelé ni ningún Mozart, pero nos reuníamos y jugábamos al fútbol y éramos un equipo de amigos que nos defendíamos y hacíamos ejercicio, y los domingos, pues mira, muy tristes y deprimentes, sí, pero eso que tenían.

9

Dije que iba a hablar algo de los hámsters y del cobaya, y ya va siendo hora. Los hámsters son mejores que los cobayas, son más de compañía. Los cobayas son salvajes, Coco mordía la mano si la metías en su jaula y te arañaba y hacía unas cacas enormes y asquerosas. A Zac le hizo sangre una vez, y le desinfectamos con alcohol y se puso a berrear, y no se calmó hasta que le dijimos que un apache mezcalero aguantaría el dolor sin pestañear, y se calmó, pero dijo que Coco era un imbécil. A mí ya no me gusta tener ni hámsters ni cobayas, pero a Pierna Roja aún le gustan los hámsters. Primero tuvimos uno que se llamaba Tito, marrón con manchas blancas, se murió al año y medio y compramos a Tito II. Como se llamaba Tito II, parecía un rey, y a veces le llamábamos Su Majestad. Eso le hacía una gracia tremenda a Zac, y se reía como un loco cada vez que papá, mamá o yo le preguntábamos que qué tal estaba Su Majestad, o que si se había acordado de dar de comer a Su Majestad, claro que entonces mi hermano tenía cinco años. Tito II era blanco con manchas negras y duró dos años, un reinado aceptablemente largo para un hámster, y ahora seguirá siendo rey, porque como dijo mi primo todos los muertos son reyes. Después vino Coco, el cobaya, que era negro entero, y ahora tenemos un hámster blanco del todo que se llama Chancho, que quiere decir cerdo en guaraní, aunque eso Zac no lo sabe. Los hámsters son limpios, se lavan la cara con las manitas y es muy divertido ver cómo pelan las pipas para comérselas. Antes era yo el encargado de cambiarles la tierra, y ahora Zac es quien se ocupa. En cierta ocasión hablé con Sara de los hámsters. Sara, con su optimismo vital característico, comentó que tenían suerte de vivir sólo dos años. Yo objeté que a lo mejor para ellos dos años son como para nosotros setenta. Ella no replicó, y pensé que con su silencio me daba la razón. Pero más que callarse, lo que hizo fue salirse por la tangente. Me contó que lloraba todos los días, o casi todos, y que a veces se pasaba horas enteras llorando, porque se sentía triste, y decía que era muy egoísta porque lloraba por ella, no por los demás, pero yo tenía varias pruebas archivadas en mi memoria de que ella no era para nada egoísta: simplemente, se sentía mal. Como a mí me angustiaba imaginarla llorando a solas, en el silencio de la noche, fui cobarde y cambié de tema.

—¿Qué hiciste ayer? —pregunté.

—No me preguntes qué hice ayer —me contestó secamente—. ¿Qué más da? Ayer es ayer y hoy es hoy, y a lo mejor no te gustaría saber qué hice ayer.

Me pareció tan antipática que la miré muy serio durante dos segundos —todo el tiempo que aguantó mi mirada, y habría sido yo quien la habría retirado si ella hubiese aguantado un segundo más— y me fui, me pareció una imbécil y una petarda con todas las letras, S,a,r,a,p,e,t,a,r,d,a. Además de haberme mosqueado por la bordería, me había puesto nervioso.

Imaginé que había estado con el memo de Gobi, porque a Gobi le gustaban todas y él gustaba a muchas, o a lo mejor con Polo, porque cuando comíamos los tres juntos se reía mucho con Polo, y Polo podía quedar con ella sin ser alta traición, porque todavía no había confesado a nadie, ni siquiera a él o a Santi, que mi amor crecía y crecía como un bambú, se extendía como una mancha de petróleo, se apoderaba de mí. Me crucé con Santiaguín y como teníamos una hora libre nos fuimos a tomar un café, y cuando estábamos en 8.º y pasamos a 1.º poder tomar cafés nos hacía sentirnos mayores, y algo de eso todavía quedaba. Santi empezó a hablarme de Espinita, Espinita por aquí y Espinita por allá, la insulsa de Marina, que le despreciaba y que no le llegaba ni a los tobillos, y a decirme que sus amigas le hacían la contra, y mientras él me hablaba de sus problemas relacionados con el sexo malvado, yo ardía en deseos de contarle los míos. Santiaguín se había enamorado un sábado, en una discoteca de esas con horario de tarde. El lunes siguiente la vimos en el colegio y por primera vez los demás nos fijamos en ella, y como Espinita no es que fuera lo que se dice una belleza, todos empezaron a descojonarse de él, a decir que menudo coco, menudo callo a la madrileña, decía Ferrer, anda, calla, Chisplau, como si en Cataluña no cocieran habas, decía Márquez, todos se reían, incluido Polo, la Marina te llama, Santi, todos menos yo, y Santi, en vez de renegar de Espinita, dijo con mucho aplomo:

—Espinita es más guapa con menos luz, y el que vuelva a decir algo malo de ella, que se prepare a pasar por caja.

Y todos se callaron, porque aunque Santi era bajito tenía la plusmarca de flexiones, y además era muy buena gente y nadie quería pelearse con él, y menos sin razón.

Después de aquel roce con Saraimbécil, estuvimos dos días sin dirigirnos la palabra, y seguramente ella se arrepintió de su brusquedad, porque a los tres días recibí la primera postal. Esos dos días en que estuvimos peleados yo recordaba la frase de Santi sobre Marina y me preguntaba, desesperado porque Saramalvada no me hablaba y yo no iba a ser tan bragazas de dar el primer paso para la reconciliación: ¿Y cómo será ella con menos luz? ¿Será más luz todavía? Por suerte me contuve, supe mantenerme firme y fue ella, que al fin y al cabo había roto las hostilidades, quien dio el primer paso para firmar el armisticio, pues ya he dicho que fue a partir de entonces cuando Sara comenzó a mandarme postales con remite de Berlín, San Petersburgo, Cozumel, París, Sidney, Johannesburgo y mil sitios más, como el Archipiélago de las Mulatas, en Panamá, donde cualquier hombre en su sano juicio se volvería loco, así que tú estarías a salvo, Juanpeonza. La primera de todas las postales, desde Zanzíbar, fue la que más le gustó a Zac, por lo de las zetas, pero se llevó un gran disgusto cuando vio que los sellos eran españoles y que todas las postales estaban enviadas desde Madrid. Sara firmaba siempre con la ese minúscula, y al principio eso me pareció gracioso y original. Luego empecé a pensar que era por lo poco que se valoraba a sí misma, y me agobió. En la segunda postal, la de Berlín, una ciudad en obras y patas arriba, según su descripción, ideal para albañiles y arquitectos en paro, refiriéndose a cuando nos habíamos peleado y yo la había mirado tan duramente, decía: el otro día estabas muy mal, tenías un ojo de piedra y otro de metal. En las postales Sara ponía los acentos con una x pequeñita, como si los tachara, pero en los ejercicios de clase los ponía normal. A mí me gustaba mucho eso de los misteriosos acentos tachados, los acentos x que parecían sacados de los fondos reservados o de alguna oscura trama parapolicial, y también me gustaba imaginar que esas x eran besos, porque para los anglosajones sí lo son, pero nunca me decidí a preguntárselo, pues conociendo a Sara me exponía a cosechar una bordería por respuesta, y además, por mi parte, sería un poco como rebajarme, mendigar por un besito de nada, un besito de papel, y yo, sí, estaba muy enamorado y mi amor en expansión como una mancha de aceite y como nuestra galaxia, pero tenía mi orgullo, por si todavía no os habéis dado cuenta.

10

Sara me dijo un día, mientras fumaba un Fortuna, en uno de los breves descansos entre clase y clase, que nunca había estado enamorada de nadie. Eso era por un lado muy alentador, porque, como quien dice, significaba que no había moros en la costa, pero, por otro, eso siempre atemoriza un poco cuando lo dice la chica que atesora la dudosa virtud de acelerar el ritmo de tus latidos y ponerte una sonrisa de bobo en la cara.

—Siete minutos menos —dijo Sara, al aplastar el cigarrillo.

Sara sonreía constantemente, pero su sonrisa era un disfraz, un disfraz que aumentaba aún más su atractivo, Saracarnaval, y precisamente porque era un disfraz era por lo que no aguantaba más de dos o tres segundos seguidos una mirada directa a los ojos.

—A veces lloro dos días seguidos sin parar —me sonrió Saramáscara con esa sonrisa frágil e insegura que me mataba, y desvió de inmediato la mirada—. No me importa llorar, no me da vergüenza, es lo que siento, no me importa que me vean, antes sí, pero ahora no —me sonrió Saraletanía, desde la distancia, desde su mundo lejano y diferente, a miles de años luz del mío.

Entramos en clase de Inglés, que era la última. Yo estaba bastante nervioso, porque después de la clase íbamos a intentar robar los exámenes trimestrales. Como eran los del primer trimestre, Sara decía que no eran cruciales, y que en realidad la *operación clave* sería en junio, cuando robásemos los exámenes finales, los de recuperación y los de la última evaluación, así que esto solamente era un *ensayo general*. A mí todo eso me parecía estupendo, pero pensaba que, si me pillaban, se iba a armar la de Dios es Cristo, primero en el colegio y después en mi hogar, dulce hogar, y que si yo decía eso del *ensayo general*, únicamente iba a empeorar las cosas, y también pensaba que era un negociante pésimo y que tenía que haber exigido a Sara un beso, tanto si las cosas salían bien como si salían mal, y ya sé que sería un trato de lo más interesado y rastrero, pero si no lo hice no fue por disquisiciones morales, sino por cobardía: eso, para que os fiéis de mí. Al sentarse en primera fila, una de sus coartadas, o mejor dicho, uno de sus trucos para ganarse la confianza del profesorado, Sara me dirigió una mirada que significaba algo así como: No flaquees, día D, hora H, y esa mirada sí duró más de tres segundos, pero claro, la había lanzado desde bastante lejos. Fue aquel día cuando entre Cachito, Gobi, Héctor, Jara, Márquez y algún otro liaron a la Manolita para que al pasar lista leyera únicamente las iniciales de los nombres, con la burda disculpa de que así tardaría menos y habría más tiempo para la clase. La Manolita no tenía un nombre muy apropiado para ser profesora de Inglés, la verdad, pero eso era lo de menos, porque yo creo que puedes llamarte Manolita, o incluso Pepe Garbanzo, y hablar bien inglés, porque a menudo las apariencias engañan, aunque Oscar Wilde haya escrito que solamente un necio no juzga por las apariencias, y Paul Valéry dijera que lo más profundo es la piel. El caso es que la Manolita, que tenía unos treinta y cinco años y estaba casada y tenía dos hijos pequeños que ya iban al colegio, era bastante débil de carácter, y ante la insistencia de Cachito y compañía, accedió a pasar lista de esa manera, no por lo de ahorrar tiempo, que en cuanto lo pensara un momento se daría cuenta de que era una solemne tontería, sino por lo de su debilidad de carácter y lo de no discutir, porque todos se pusieron pesadísimos, venga, señorita, por favor, y no paraban y entonces sí que se iba a perder tiempo.

—Malaespina, C.Malaespina.

—Sí.

—Márquez, S.Márquez.

—¡Esente!

—Navas, P.Navas.

—¡E...sente!

Y así nos fuimos acercando a la letra T, ante la indiferencia de los que no sabían qué iba a pasar y el regocijo de los que estaban en el ajo, porque llevaban dos días preparándolo, y si habían escogido la clase de Inglés era porque la Manolita era fácil de convencer, y también porque era una de esas asignaturas como Ética o Religión, una asignatura por la que repetir curso sería poco menos que ciencia ficción.

—Terán, M.Terán.

—Presente.

Entonces, de pronto, todos los cuchicheos se pararon, y se hizo un silencio absoluto.

—Torras, T.Torras.

—Sí —dijo la pobre Teresa, con un hilo de voz.

—¡La Tetorras! —gritó alguno de los bestias de la clase que estaban en la conspiración.

Y entonces se montó un cirio de tres mil pares de demonios, entre risotadas, pateos y gritos, y Teresa se echó a llorar, pero su llanto quedó ahogado por el alboroto, y Sarasolidaria y Cristina se levantaron para consolarla, y Silvia y María también la consolaban, pero no se tuvieron que levantar porque eran las que se sentaban a su lado, y Teresa sacó un pañuelo, y las chicas miraban a los chicos acusadoramente, con desprecio, pensando que éramos todos sin excepción unos animales y unos cerdos insensibles, y todas las chicas nos miraban así, todas con la consabida excepción de Paloma, que además era una envidiosa y dicho sea entre nosotros envidiaba los pechos de Teresa, del mismo modo que Carolina envidiaba la boca de Josefina y por eso la llamaba buzón. La Manolita salió de clase y regresó a los dos minutos con la directora, y para entonces los ánimos ya estaban más calmados. La directora soltó el típico discurso cargado de razón pero que entraba por una oreja y salía por la otra, sobre convivencia, infantilismo e inmadurez y falta de compañerismo, centrándose sobre todo en el sector masculino, lo cual era bastante lógico, aunque Héctor luego se indignara y dijera que algunas chicas también se habían reído y que eso era discriminación sexual y que ya estaba bien y que recogiéramos firmas y que a ver si los hombres nos organizábamos como las mujeres, y que Cristina y María y Ángela y no digamos Paloma también habían hecho comentarios y eran unas hipócritas, pero al mismo tiempo, como nadie había hecho nada, y la que había pasado lista era la tonta de la Manolita, no podía castigar a nadie, aunque, amenazó, ya sé quiénes sois los cabecillas, que siempre son tres manza-

64

nas podridas las que estropean el cesto. Pero después de lo de las manzanas generalizó, y dijo que la A era la peor de todo 2.º, que era la que más problemas daba y la más inmadura, y que a ver si tomábamos ejemplo de otros grupos, de los de la B y la C, y la verdad es que era un recurso pobre y patético el de decir que las demás clases eran mejores, porque nosotros sabíamos que el curso pasado a los de la B les ponían de ejemplo a nosotros, y a nosotros a los de la B, y a los de la C los de la D, y al revés. Cuando acabó la clase Sara vino hacia mí, y me sometió a una especie de jura de Santa Águeda de Burgos, y tuve que prometer que no había tenido nada que ver en lo de T.Torras, que no había sido ni consentido, aunque esto último era un poco falso, claro, porque me había enterado de la movida mientras la estaban preparando, y por supuesto no había intervenido para abortarla, no me habrían hecho caso, y aunque es cierto que me reí, al menos lo hice con cierto sentimiento de culpa, con cierto cargo de conciencia, no como otros, que parecían no tener conciencia y no ser conscientes del sufrimiento ajeno, pero eso no se lo dije a Sara, y luego nos enteramos de que las chicas habían celebrado una reunión y habían dicho que éramos unos imbéciles y unos asquerosos y unos asesinos en potencia y que iban a tomar medidas, aunque nunca supimos qué medidas, y además a mí me traía sin cuidado, porque a mí la única que podía represaliarme era Sara, y ese peligro ya estaba sorteado, y juré que no había sido ni consentido, porque en esa época no era todavía un hombre de palabra, y me permitía alguna que otra mentirijilla incluso bajo sagrado juramento, que para mí no era sagrado.

—Mejor —dijo Sarabroca taladrándome con su mirada de metal verde azulado—. Porque yo quiero robar los exámenes con alguien legal.

11

Tal como habíamos planeado, ella se quedó a hacer gimnasia, y yo a jugar al baloncesto. A las cinco y cuarto ella simularía un mareo, y yo un tirón, o un esfínter de tobillo, como decía el cabestro de Cachito. Nos cambiaríamos y nos reuniríamos en clase. Sólo ella y yo conocíamos nuestros planes, era un secreto tan celosamente guardado como la talla y la textura de las bragas de la Reina Madre de Inglaterra. Cada uno podría elegir a dos amigos a los que pasarles las preguntas, no más, para que no nos descubrieran. Yo había elegido a Polo y a Santi. Ella aún no estaba segura. Nos reunimos en clase a la hora convenida, yo ya bastante recuperado de mi esfínter de tobillo.

—¿Qué tal tu mareo? —pregunté.

—Ya ves —repuso—. ¿Recibiste mi última postal desde Borneo?

—Sí.

En la postal, Sara decía que en Borneo llovía normalmente dos veces diarias, una por la mañana, suavemente, y era como si la lluvia besara la tierra, y otra por la tarde, rabiosamente, y entonces era como si la mordiera.

—¿Es cierto que llueve tanto?

—Yo qué sé —contestó.

¿Y si negocio desde una posición de fuerza el beso, y si le digo lo del muerde?, pensé, inspirado en las lluvias de Borneo.

—Vamos.

Sara sabía abrir las horquillas con una cerradura digoalrevés. Se quitó la de su pelo, y su melena rubia se soltó y barrió limpiamente su cuello, y de nuevo parecía una actriz moderna y desenvuelta y sin prejuicios, o una ladrona y asesina peligrosísima, o ambas cosas a la vez, Saramilcaras. Se puso a continuación las gafas oscuras con ademán de pistolera y yo casi me caigo de espaldas.

—Quítate las gafas —dije.

—¿Por qué?

—Porque se te reconoce más y llamas más la atención y además estás muy guapa con ellas.

Sara se las quitó y me fulminó con la mirada por lo de llamarla guapa, y nos encaminamos hacia el despacho de la directora. Una señora de la limpieza salió en ese momento de la biblioteca cubo en mano y fregona en ristre, pero pasó de largo sin prestarnos ninguna atención. Vigilé el pasillo nuevamente solitario mientras ella forcejeaba con la cerradura. No le duró ni diez segundos. Saraladrona me tenía francamente admirado. Entramos y cerramos la puerta. Estar a solas haciendo algo prohibido y peligroso nos confería una intimidad especial, y además ella no podría chillar ni forcejear conmigo como si yo fuera una cerradura, pero otra vez la cobardía, y cuanto más me gustaba ella, más cobarde me volvía.

—¿Dónde aprendiste eso?

—¿Importa? —contestó—. Es tu turno. Yo estaré rondando. Si toco el pito, ya sabes: peligro.

Sara me mostró fugazmente un silbato blanco y se dispuso a salir. La agarré del brazo.

—Yo apruebo todos los años sin copiar.

—¿Qué insinúas? —me preguntó, enarcando una ceja y batiendo su mejor marca personal de mirarme seguido, cuatro segundos y algunas décimas.

—Nada —dije.

Sara salió, y me quedé solo. Nuestra maravillosa y excitante intimidad se había convertido en angustiosa soledad. ¿Por qué me metía en esto, quién me mandaba a mí? ¿Todos los que se enamoran se vuelven imbéciles perdidos y tontos del culo, o solamente yo? Empecé a abrir armarios y cajones, con el corazón saliéndoseme por la boca y las piernas temblando, sin saber a ciencia cierta qué buscaba. Miré la hora. Eran las cinco y veinticinco. A las seis terminaba el baloncesto. Había libros, carpetas, ficheros, ¿me expulsarían del colegio? Oí unos pasos desiguales y más pesados que los de Sara, cerré el cajón que estaba registrando y me quedé quieto, sin respirar. La puerta se abrió y entró el García Sanjuán. Me quedé de piedra, la boca se me secó y me entraron ganas de echarme a llorar y de vomitar. Cagueta, me dije, en un interrogatorio cantarías *La traviata* al primer sopapo, resiste, maricón. El Sanjuán me miró con una mezcla de dureza y curiosidad.

—¿Qué hace usted aquí? —y mientras preguntaba eso, recorrió con la vista las baldas, cajones y armarios, y por fortuna pudo comprobar que aparentemente todo estaba en su sitio y que nadie había tocado nada. A mí me pareció que se detenía un instante más de lo preciso en un armarito con cerradura. Ya está, me dije. ¡Tú mismo te has delatado, villano!

—Quería hablar con la directora.

—¿Y cómo has entrado?

—La puerta estaba abierta.

—Habrá sido la estúpida de la Manzano —dijo, tranquilamente, sin rencor, y a mí me sorprendió que insultara delante de mí a nuestra profesora de Física y Química—. Siempre se la deja abierta. Ahora viene la directora.

Y dejé de existir para él. Efectivamente, la directora entró al cabo de medio minuto, y a mí me pareció que se sonrojaba ligeramente al verme y que estaba algo despeinada, y me imaginé que entre ella y el Sanjuán había un romance alto secreto y que lo había descubierto.

—Este chico quiere hablar con usted —dijo el Sanjuán sin mirarme, y salió.

—Tú dirás.

En ese momento sonó el silbato. A buenas horas, Saratortuga, pensé. La situación era bastante embarazosa, y para salir del paso me tiré el rollo que traía preparado, que a lo mejor me haría quedar como un bicho raro pero que podría salvarme, y empecé a decir que los de la A no éramos tan malos, que lo que había pasado en clase de Inglés estaba muy mal por no decir fatal y que nos habíamos comportado como críos, pero que necesitábamos cosas así para descargar la tensión, y que a mí me habían elegido para pedir disculpas, a iniciativa mía y sin que nadie más lo supiera, ¿cómo?, se sorprendió la directora, ¿cómo has dicho?, repitió, atónita, pero yo seguí con mi rollo sin hacer caso a su pregunta, y que había pensado hacerlo mañana, pero como había sufrido un esguince de tobillo jugando al baloncesto, se me había ocurrido hacerlo ahora, para no perder tiempo mañana, y expliqué que todos estábamos muy arrepentidos y que a Teresa Torras —la Tetorras, pensé mecánicamente, y a punto estuve de perder el hilo de mi patética bajada de bragas— íbamos a regalarle como muestra de desagravio unas flores, y eso fue un error gordísimo, porque quién me mandaba a mí decir la sandez de las flores, que ahora tendría que cumplir, y pensé que todo el mundo iba a pensar que me había enamorado de Teresa y a lo mejor Sara me retiraba la palabra, y ojalá me retirara la palabra porque eso podría interpretarse como que yo no le resultaba indiferente, aunque todo esto no lo dije, claro, lo iba pensando mientras iba diciendo lo otro, y que en fin, que estábamos arrepentidísimos y que había sido una vergüenza nacional. La directora me escuchó en silencio, algo perpleja aunque sin asomo de desconfianza, porque yo era un buen alumno que en diez años de colegio no había dado ningún problema, ni siquiera fumaba, nunca me había metido en líos, y además seguramente pensó que había entrado con el Sanjuán, o a lo mejor ni me estaba escuchando, el caso es que ni mencionó lo de la cerradura.

—Está bien —dijo—. Puedes marcharte, y a ver si eso de las flores no se queda sólo en buenas intenciones. Gladiolos —añadió, pensativa o quizá soñadora, una mirada de largo alcance que necesitaba de la ventana—. Seguro que los gladiolos le gustan.

Salí, con una mezcla de alivio y sensación de naufragio y desastre por lo de las malditas flores, y enseguida me abordó Sara, nerviosísima y compungida, estirándose los dedos.

—¿Qué ha pasado?

—Eso digo yo —le reproché—. ¿Qué pasó?

—Bueno —dijo Saraharapienta, mirando a otro lado, azorada—. Tengo un bolsillo roto y... No lo encontraba, y al final tuve que sacarlo por el tobillo.

Mientras salíamos del edificio, le expliqué lo que había ocurrido, lo del armario con llave y lo de los gladiolos para Teresa. Para tranquilizarme, me dijo que nadie podría notar que la cerradura había sido forzada, porque no la había roto.

—Bueno —concluyó—. El ensayo general ha salido potable. Dentro de cinco meses, el estreno.

—Creo que la directora y el Sanjuán tienen un lío —dije, y comenté lo de que la directora estaba algo despeinada y se sonrojó al verme—. Y él le regala a ella gladiolos.

Sara se echó a reír con una risa franca y alegre como una cascada.

—¡Qué imaginación tienes! —dijo—. A veces eres increíble. Hay corriente, yo vi cómo se despeinaba al pasar delante de una ventana. Y además, la directora cumplió hace dos años 75. Eres un pillín.

Me sentí humillado por eso de que me llamara pillín, como si fuera de la clase 4, y también por haber pensado esa locura de la directora y el Sanjuán.

—Para el estreno ya veremos si puedes contar conmigo —dije—. Tú no te has arriesgado nada y has tardado un siglo y medio en tocar el pito, y yo siempre he aprobado sin necesidad de robar nada. Hasta mañana.

Me fui, y Sara se quedó sola y por primera vez desconcertada. Estaba enfadado con ella, enfadado conmigo y enfadado con el mundo. En cuanto a esos cinco meses, la verdad es que pasaron volando, al menos en el recuerdo, aunque no tanto como para que nos posemos ahora directamente sobre el último de ellos.

12

Lo de que me hubiera quedado a entrenar a baloncesto no llamó mucho la atención, pues la semana siguiente teníamos un partido contra los de la B. Esos partidos eran muy divertidos, porque había mucho ambiente y los veían las chicas. Lo bueno del colegio era que se podía destacar en cosas distintas, en deportes, o soltando paridas en clase, o por gustar a las chicas, o por tener fama de interesante, como Jara, que era el único de todos nosotros con huevos y en verano se metía en un barco de pesca y se pasaba dos meses en el mar, o por lo que fuera, y lo malo era la crueldad con la que se trataba a algunos por parte no sólo de los alumnos, sino también, en ocasiones, de los profesores, y muchos riéndose del hostiazo que se ha dado por enésima vez Blas contra el potro, que para él es el potro de tortura, y el profesor de gimnasia insultándole a gritos, y seis o siete imbéciles riéndose, como si eso fuera divertido, como si tuviera alguna gracia. El partido contra los de la B fue memorable, el que ganara se clasificaría contra el que ganara de los otros dos grupos, y el que ganara la final, bueno, no pasaría nada especial, pero sería el campeón. Nosotros éramos los favoritos, nuestro equipo estaba formado por ocho, yo jugaba de base, Cachi y Gobi de aleros, y Héctor y Cristóbal de pívots, los reservas eran Damián, que pensaba que se estaba cometiendo con él la injusticia más grande del mundo y que para que aceptara su suplencia hubo que hacer un frente común, Polo y Cortázar. Bueno, pues la cosa no pudo empezar peor, fue un ejemplo de desastre precoz, porque Cristóbal ganó el salto y echó el balón hacia Cachito, y ante el estupor general Cachito salió disparado, pero hacia nuestro aro, yo tardé en reaccionar medio segundo y salí detrás de él, gritándole, pero el tío estaba emocionado-bloqueado y encestó en nuestra canasta. Se volvió hacia mí entusiasmado, y dijo:

—¡Buen apoyo!

Y me palmeó las manos, que yo tenía abiertas para expresar mi incomprensión.

—Pero gilipollas —le dije—, si ésa es nuestra canasta.

El rostro de Cachi sufrió una transformación digna de ser cantada por Homero, así que yo no voy a describirla para no hacer el ridículo, el público empezó a silbar, a reírse y a gritar, Gobi cogió el balón y sacó todo cabreado, desde el banquillo Damián exigía el cambio como un poseso y desde las gradas nuestros rivales empezaron con las burlas humillantes y los cánticos ofensivos, que en mi opinión deberían estar perseguidos y castigados por la Ley y prohibidos por la Constitución, ese Cachi Cachirulo, ese Cachi Cachiruuuuloooo, Cachi es tonto del cuuuuulo, ese Cachi, ese Cachi Cachirulo, y nos pusimos nerviosos y no dábamos una, y empezamos a pelearnos entre nosotros, que es lo peor para un equipo, y a hacer el ridículo y a chupárnoslas, y encima al aro contrario parecía que le habían echado una loción repelente antibalones, y Gobi no quería pasar a Cachi aunque estuviera solo bajo la canasta contraria y dando saltitos histéricos pidiendo el balón hasta que le pitaban zona, y Cortázar y Damián nos sustituyeron a mí y a Cachi, que estaba desmoralizado y rabioso con Gobi, y a Cachi le despidieron con cánticos, ese Cachi Cachiruuuuloooo, Cachi es tonto del cuuulooooo, y no sé qué le dijo Damián a Cortázar, el caso es que Cortázar se mosqueó y se dedicó a hacer personales intencionadas y a dar patadas al balón y le pitaron dos técnicas, y la paliza que nos dieron fue mayúscula y nos la estuvieron restregando hasta final de curso y Cachi un día se pegó con uno que le cantó en los pasillos lo de Cachi Cachirulo, y en el vestuario todo eran caras largas, y cuando Damián hizo la gracia de quitar el agua fría y dejar sólo la caliente, y dijo que hoy comíamos huevos escalfados, casi se lían a tortas Héctor y Cortázar con él, y tuvimos que impedirlo entre Gobi, Polo y yo, y por suerte la sangre no llegó al río. Entonces alguien no identificado, aprovechándose del barullo, dijo: Juan está enamorado de la Tetorras, le ha regalado flores, y todos empezaron a burlarse de mí y a preguntarme que qué parte de Teresa era la que más me gustaba, que si los ojos o la nariz, no, no es nada físico, es su pechonalidad lo que le tiene frito, y yo procuré no hacerles caso y oídos sordos y comprendí que había sido una tontería mayúscula aparecer con unos gladiolos de desagravio, y encima Sara me dijo vaya, vaya, así que era verdad, y que yo nunca le había regalado flores a ella pero que me ahorrara la molestia porque las tiraría directas a la basura, pero al menos me gané una reputación buenísima entre las tías que me duró casi un mes, todas diciendo que yo era el único sensible y un caballero y Juan por aquí y Juan por allá, y Sandra diciendo que Santi tenía un gran corazón y yo también y que por eso éramos amigos, y no sé qué pasó esa semana, pero todo el mundo estaba que echaba chispas y a la que saltase, y las chicas sí, muy bien, que a mí era al único al que habían perdonado, pero que todos los hombres éramos unos cerdos y unos asquerosos y que se alegraban de la paliza que nos habían metido los de la B, y Teresa se creía que me gustaba y se permitía ir diciendo por ahí que yo no era su tipo, la muy pedorra, dándome cortes y haciéndome desplantes en público y yo subiéndome por las paredes y con ganas de insultarla y pregonar a los cuatro vientos los motivos de mi peregrino obsequio, y Cristina me dijo que era un egocéntrico y un chupón y que habíamos perdido por mi culpa, que no pasaba un balón y que las quería meter todas y que era un creído y un inmaduro, y no sé a qué venía eso, aunque luego me enteré de que yo le gustaba a Cristina, y estaba celosa por las flores de Teresa, e iba esparciendo por ahí la especie de que me gustaba y la perseguía por los pasillos y no la dejaba ni a sol ni a sombra y no sé cuántos disparates más: eso, para que os fiéis de las troncas.

13

Por aquella época, justo antes de las vacaciones de Semana Santa, a finales de marzo, la época del partido con los de la B y el intento frustrado de robo y los malditos gladiolos de desagravio que encima me costaron un cojón y me quedé un fin de semana sin poder salir, y que eran las primeras flores que regalaba en mi vida, y para colmo a una chica que no me gustaba y que iba por ahí haciéndose la dura conmigo y la perdonavidas, me dio por hablar solo, y yo creo que eso era un efecto secundario del amor. Iba por los absurdos digo por los pasillos murmurando cosas absurdas y teatrales y gesticulando, parrafadas a las que contestaba yo solito pero poniendo otras voces, un Hamlet, un Etna hecho, y hubo quien me quiso echar fama de loco, aunque claro, no lo consiguió. La verdad es que a veces ni me daba cuenta, ni me percataba, como hubiera dicho el pedante de Vázquez, hay que desplazar más el cuero por las bandas, y tirar mucho, desde cualquier ángulo y distancia, su guardameta es la quintaesencia de la inutilidad, y la culpa indirecta era de Sara, porque me descolocaba, y de pronto decía algo y alguien me miraba con cara de alucine como si yo fuera un marciano y a mí me daba vergüenza. Imaginaba conversaciones con Sara, ora tiernas e incluso subidas de tono, ora tensas y cabreadas, y eso no lo entiendo ni yo, porque puestos a imaginar, ¿por qué no imaginar como Saint-Simon que todo puede ir sobre ruedas? Pero eso sí, los mosqueos se solucionaban tarde o temprano, más bien temprano, y esas conversaciones tensas eran las más vistosas y las que más me delataban, las que me dejaban con el culo al aire, porque gesticulaba como un energúmeno y hacía más aspavientos que un molino y en una ocasión llegué a arrodillarme para pedir clemencia como un vil gusano, y la basca flipaba, suerte que la fase aguda me duró solamente cuatro días, y uno de ellos en fin de semana. En esto de las arengas y discursos y soflamas y encendidas declaraciones de amor y de principios a un auditorio inexistente o al menos diferente del soñado, tuve un compañero inesperado, Cortázar, que también lanzaba unas filípicas que ponían los pelos de punta, aunque por motivos muy diferentes: su problema no era estar enamorado, sino que sus padres se habían desenamorado y ya no se aguantaban y se peleaban un día sí y otro ya veremos. Cortázar hacía como que les apaciguaba, o les conminaba a callarse, o les suplicaba que se estuviesen quietos y guardaran las formas al menos delante de las visitas. Una noche su madre arrojó a su padre una sartén con unas gotitas de aceite, y su padre abrió de par en par la ventana que daba al patio de servicio y comenzó a chillar que su mujer —¡su propia mujer!— quería asesinarle y quemarle vivo como si fuera una bruja, ella sí que era una bruja, y el enemigo en casa y otras barbaridades y las mujeres son la quinta columna, y se enteró todo el vecindario, y por esas cosas Cortázar estaba un poco raro y se pasaba el día rumiando y se había comportado como lo hizo en el partido de baloncesto. A mí todo eso me daba bastante pena, y como yo no podía solucionar esos problemas, conseguir que la madre no fuera tan histérica ni que el padre dejara de berrear como un loco, y otra vez la madre rompió todos los platos soperos que tenían, y el padre la observaba con una copita de vino en la mano diciendo sigue, sigue, a ver si así te calmas, ¿quieres más?, y le ofrecía uno de postre, decidí comportarme de la manera más amable posible con Cortázar y tener paciencia si contestaba de malos modos y contemporizar y no criticarle, también soplarle alguna pregunta o pasarle algunos problemas resueltos, aprovechando que se sentaba cerca y teniendo en cuenta que en su casa, entre gritos y sartenazos, lo más probable era que no pudiera concentrarse mucho para estudiar, en resumen, arrimar un poquito el hombro. Mi vida era una vida vulgar, no era como la de Jara, que era un bohemio y decía que su suelo eran sus pies y su techo su cabeza y su país la tierra, y su poesía favorita era la del pirata, pero para mí, entre los partidos, los gladiolos, el proyecto de robar los exámenes —porque a Sara no le había costado mucho convencerme de volver a intentarlo con los finales, aunque, eso sí, prometiéndome que ella entraría conmigo al despacho—, mi amor filibustero y hambriento y sanguinario y las cosas que me imaginaba, mi vida aparentemente vulgar era una vida emocionante y aventurera. Por eso a veces me creía el centro del mundo, como decía Cristina, y eso es una de las cosas más absurdas en que se puede caer y en la que más cae la gente, creerse uno más importante que los demás, y como me creía el epicentro, me creía que lo sabía todo y que nadie podía darme lecciones ni decirme nada, ni toserme, como quien dice. Un día mi padre me dijo que por qué no iba a visitar a mi abuela, que vivía sola y le haría ilusión porque hacía un mes que no la veía. Entonces yo dije no sé qué memez de que no tenía tiempo, y de que a mi abuela le daba igual que yo fuera a verla o no, ya tenía sus partidas de cartas y sus meriendas.

—Con el tiempo —dijo mi padre, que gastaba conmigo más paciencia que un domador de pulgas—, valorarás más otras cosas, no sólo las chicas, los colegas o los exámenes. Cosas aparentemente más sencillas.

—¿Como qué? —dije, con el acento más indiferente que encontré.

—Estar sentado, tranquilamente, medio dormido, al sol o a la sombra. Visitar a tu abuela, hablar más con tu madre.

—Bah —dije—. ¿Te digo yo a ti lo que tienes que hacer?

Y salí del salón avergonzado de mi actuación. Pierna Roja lo había escuchado desde el pasillo, y me dijo:

—Cómo pasas de los viejos, Zarpas.

A mis padres yo les llamaba viejos en plan cariñoso, pero de pronto me agobió que Zac les llamara así, y también el tono de admiración con el que había dicho que cómo pasaba de ellos.

—No paso de ellos —dije, y me metí en mi habitación.

14

En la postal que me llegó desde Ituverava había marcado la huella de su gata, Marlene (¿es por Marlene Dietrich, verdadero nombre Magdalena von Losch Felsing? No. Es por *Marlene on the wall)*, que estaba, por lo visto, ansiosa e impaciente por escribirme. Al día siguiente comenté que la parte de la postal escrita por Marlene era la que más me había gustado. Sara se picó, y aunque intentó disimularlo, empezaron a lloverme postales desde Winesburg, Ohio, Purmamarca, Nueva Orleans, Alejandría y los lugares más sugerentes y misteriosos del mundo, cada vez con más huellas de las zarpas de Marlene y con menos letras de Sara. Como yo, que también soy orgulloso y me cuesta dar mi brazo a torcer, insistía en que las cartas mejoraban constantemente, recibí una desde Ballaghaderreen, Irlanda, en la que ya únicamente había las huellas de la gata. La verdad es que me arrepentí, porque me quedé sin noticias de esos lugares exóticos y de los extraños animales que la acosaban para divertirse, pero por otra parte, cuando uno se topa con una persona tan testaruda y tozuda, Saramula, da muchísimo coraje ceder, claudicar, batirse en retirada. Aún hoy recibo de cuando en cuando una postal desde Anarene, Tejas, o desde Lima, y en alguna oportunidad, como la que me llegó desde Isla Perro, ínsula paradisiaca poblada por palmeras y cotorras, entre las marcas de barro o de tinta de las zarpas de la gata me llega un beso que yo intento imaginar, y una firma, Sara, un garabato irreconocible, Sara, y bien feo, Sara, una letruja de bruja, Sarabruja, con una ese minúscula, sara, que si sé descifrar es porque ya lo he visto mil veces y sé que es de ella, y ésa es la única razón por la que uno puede adivinar que ahí pone Sara, que ese modesto laberinto de rayajos significa Sara, aunque si ella me pregunta alguna vez que qué me parece su firma, diré que digna de una princesa, me desharé en piropos, alabanzas y zalamerías que extenderé a toda su persona, porque ya estoy harto de discutir con Saramula, aunque, quién sabe, a lo mejor me da uno de mis prontos, y digo lo que pienso pero en peor y en exagerado, lo que pienso pero a lo bestia, lo que pienso pero que no pienso, y entonces ella me tildará de bruto y de borde, dirá que tengo problemas patafísicos y pinta de no asimilar bien el hierro, y entonces contestaré que quien a hierro mata, a hierro muere, y la mandaré a paseo y ella me dirá que me gusta Teresa y por eso se me ocurrió lo de los gladiolos, porque soy un cobarde y necesitaba una disculpa, una coartada, como todos los cobardes, y yo lo negaré todo, diré que Teresa Torras me gusta cero bajo cero, pero que al menos no es una mandona, y ya la tendremos liada para una semana, mínimo. Pero me estoy enrollando más que un carrete de pescar, y me gustaría retomar el hilo, no el de mi carrete, sino el de este desorden, volver a una de esas estúpidas líneas rectas de las que ella abomina y que sin embargo son tan útiles y que los físicos de ahora dicen que no son la distancia más corta entre dos puntos, al menos en el espacio sideral, porque en la tierra lo siguen siendo, y si no, que esos matemáticos o físicos vayan de Madrid a París pasando por Kamchatka, y no por Bayona. Después de los exámenes, en Semana Santa, me fui al campo con mi familia, en la línea más recta que pudimos. Yo ya estaba algo cansado de Pergolesi, porque me lo sabía de memoria, y además duraba casi cincuenta minutos y escuchar sólo una parte me parecía una especie de delito de alta traición merecedor de juicio sumarísimo, con lo cual tenía que escucharlo entero, y eso me robaba mucho tiempo, así que me dio por poner antes de acostarme —de retirarme a mis aposentos, como dicen en algunas novelas decimonónicas y como diría Vázquez— una canción que se llama *No puedo quitar mis ojos de ti*, título apropiadísimo para ser cantado por Sara, y me fumaba un cigarrillo viendo el cielo, la bóveda celeste, que diría no sé quién. Entre las estrellas había algunas azul pálido, y me imaginaba que en el siglo XXI iría a vivir a una de ellas con Sara, *Tus ojos son como estrellas*, escribí una noche, *y cuanto más parpadeas, más me deslumbras,* pero nunca le mandé esa nota, ni desde Senegal ni desde Cajamarca, la guardo en mi cajón de tesoros, y a lo mejor hay gente que piensa que eso no es un tesoro, que es una cursilada y una mierda, bueno, pues muy bien, pero yo lo guardo en mi cajón de tesoros de acceso restringido máxima discreción.

15

A mí me gustaba mucho escuchar a Sara cuando se ponía a divagar, a contar episodios de su vida o cosas que pensaba, incluso cuando eran tristes. Uno de esos viernes que quedábamos varios de la clase a las 9 para desparramar un poco, ella y yo nos sentamos en la acera y me dijo que le gustaría rebobinar la cinta de su vida, dar a la pausa en el momento en que todo se estropeó y partir de ahí. Lo malo era que desconocía cuándo había sucedido eso, cuándo su vida hizo clic, cuándo los renglones empezaron a torcerse y las estrellas a perder brillo o a brillar desde más lejos. Me contó que se dormía con la sensación de la muerte, como si dormir fuera morir un poco, y que en vez de vamos a la cama, se decía: Vamos a la tumba, y eso no le daba miedo, se introducía en el lecho en plan Bela Lugosi y permanecía muy quieta, con los brazos pegados al cuerpo o cruzados sobre el pecho, con los puños cerrados o con las palmas abiertas, porque un difunto, dijo pudiendo quitar los ojos de mí, puede adoptar distintas posturas, bajaba las persianas de los ojos y se mantenía así, en esa posición de cadáver, en silencio, imaginando que se dejaba ir sin dolor, hasta que el sueño la vencía. Los libros de Sara estaban repletos de subrayados, tachones, números de teléfono, listas de cosas, dibujos, anotaciones, e incluso recortaba de algunas páginas las ilustraciones... Lo opuesto de los míos, limpios, vírgenes, inmaculados, no tocados por lápiz ni bolígrafo y no digamos tijeras, respetados casi como objetos sagrados, y yo pensaba que eso indicaba que éramos muy diferentes y que por eso yo nunca pensaba en la muerte, ni al meterme en el sobre ni nunca. Otro día, en una fiesta bastante aburrida, nos sentamos y ella me contó que un día que estaba terriblemente furiosa se sentó en un polvoriento descampado. Ante ella se diseminaban algunas abigarradas chabolas, un cementerio de coches, un vertedero ilegal y, más allá, Madrid, majestuoso y cobarde, fiero y traidor, flaco y tierno, mi asqueroso, mi odiado Madrid, como decía ella. Comenzó a llover, muy tenuemente al principio, y las gotas iban tiñendo de oscuro la tierra seca y dura, alfombrada por una fina capa de polvo. Sara se figuró que la lluvia escribía sobre su superficie cientos de palabras, miles de frases, tantas que al cabo de un rato toda esa tierra quedaría empapada, retinta, enriquecida. Las letras que iban cayendo del cielo fertilizaban aquel terreno baldío como si se tratara de la palabra de Dios cayendo sobre su pueblo maldito, y Sara imaginó que ella podía pedir un deseo, elegir una de las innumerables frases que las nubes escribían con su sangre translúcida y tibia en el polvo, y que ese deseo se convertiría en realidad. Quiero ser distinta de todos, quiero ser diferente de los demás, pensó Saraantisocial, sus rubios cabellos de bielorrusa oscurecidos por el agua extrañamente cálida, inexplicablemente eterna y sucia. Cuando acabó de relatarme aquello, le pregunté si ella era mi amiga, y me dijo que sí. Le dije que era la primera amiga que tenía, y ella me dijo que yo también. Entonces le pregunté que si quería bailar conmigo, y rechazó la oferta. Cogí su mano y tiré de ella, pero no conseguí que se levantara y desistí. Me rearmé de valor, y pregunté si había tenido alguna vez un novio.

—No me preguntes esas cosas —me sonrió, y enseguida estaba sonriendo a otro sitio.

—¿Por qué?

—Porque yo he sido muy golfa.

Esta vez fui yo el que apartó la vista, eso me pasaba por preguntón y por romántico estúpido, por idiota, se me llevaban los demonios y me fui a servir una copa, y como sólo quedaba ginebra me eché ginebra, y si sólo hubiese quedado petróleo me habría echado petróleo, y di un trago que me quemó por dentro como imaginar a Sara besada no por un novio, lo cual ya era malo, sino por muchos, yendo de mano en mano como un billete de mil, lo cual era infinitamente peor. Rellené el vaso dispuesto a que me sacaran de allí en camilla, o en coma etílico, en cohete, en ambulancia o en lo que les diera la gana, y Polo me cachó vertiendo ginebra en el vaso como si se tratara de agua de Lozoya, y me preguntó que qué me pasaba, y yo estuve a punto de sacar a la luz mis sentimientos ahora sumidos en las más negras tinieblas, airear mi amor borracho y desesperado y medio tonto y cegato y pusilánime, pero luego recordé mi promesa de mantenerlo guardado bajo siete llaves, enterrado en el fondo de la mar océana, más secreto que el color y el atrevido diseño de las bragas de la Reina Madre de Inglaterra, y dije que nada, que la bandera por tu casa, y Polo me miró a mí, y después a Sara, pero vino Magdalena, la chica que se estaba trabajando, y Magdalena y él se pusieron a bailar agarrados

y a mirarse a los ojos con una cara de corderos dego-
llados que daba asco y de pronto se estaban besando,
y a mí todo me pareció una mierda, empezando por
mí mismo y siguiendo por los demás, incluidos Santi
y Polo y Magdalena y no digamos Sara, todos sin excepción, porque mi amor interplanetario no hacía
prisioneros, y me hubiera gustado que mi corazón
fuera una pelota para darle una buena patada, o más
humillante aún, una patadita despreocupada e indiferente, un puntapié aburrido y por compromiso. En
ese momento surgió Sara de no sé dónde, como si
fuera una bruja rubia y peligrosa, artera y traicionera
y calavera y medio rusa, y me preguntó:

—¿Por qué bebes?

—Para olvidar que bebo —dije principiteando.

Creo que fue lo último que dije con algún sentido,
y lo que sobrevino a continuación fue espantoso, yo
echando la pota en el salón y luego en el baño y ju-
rando y perjurando que no iba a volver a beber ni
agua y queriéndome morir como si fuera Saragolfa, y
Polo y Santi sacándome apoyado en sus hombros,
como si fuera un soldado herido y más desnivelado
que una pista de esquí, porque ya he dicho que Polo
era alto y Santi un retaco, y lo último que recuerdo,
entre brumas y nieblas, es el rostro de una bruja rubia con cara de rusa o bielorrusa o puede que ucrania
poniéndome la mano en la frente y diciendo éste no
se despierta hasta mañana.

16

Sara dio una calada y lanzó al aire unos aros bastante chuchurríos que parecían calamares a la romana, pero a ver quién era el guapo que se burlaba de eso o de cualquier otra cosa, después del ridículo espantoso de la gran vomitona. Por las mañanas tosía, quince años y tosía al levantarse, futuro de alquitrán. Salva se acercó, con sus gafitas de empollón. No sé qué tienen las gafas, pero cuando alguien se las pone suele parecer directamente un empollón.

—El 70% de los fumadores quiere dejar de fumar —informó.

—Yo no —replicó Sara.

—Si se abandona el tabaco antes de los cincuenta años, el riesgo de morir en los quince siguientes se reduce a la mitad.

Por eso mismo fuma, pensé yo, porque se quiere morir y es desgraciada y fatalista y toda la pesca. Sara no dijo nada, se limitó a dar otra calada.

—El tabaco es más peligroso para la mujer —volvió a la carga el incansable Pitagorín—. Una fumadora tiene un riesgo 2,5 veces mayor que un fumador de contraer cáncer de pulmón.

—No seas coñazo, Salva, deja de dar la barrila —dijo Gobi, abriendo un paquete de tabaco y soplándose el estudiado mechón que se ondulaba sobre su frente, esclavo disfrazado de rebelde—. Para cinco minutos que tenemos de descanso, vienes a fastidiar.

—Déjale —le desautorizó Sara, aspirando con más avidez que nunca—. Me gustan las cosas que dice.

—Se calcula que en 1996 morirán prematuramente en la Unión Europea cerca de 600.000 ciudadanos por culpa del tabaco.

—Más bien por obra y gracia —comentó ella.

—¿Por qué no te vas a estudiar, Pitagorín? —le dije.

—Ya me lo sé. ¿Y vosotros?

—Lo que no haya aprendido en cinco días no lo voy a aprender en cinco minutos —dije.

—¿Y tú? —inquirió Pitagorín, mirando a Sara.

—Necesitaba este apestoso cigarrillo.

Y lo apagó contra el cerco metálico de la ventana.

—Se calcula que cada cigarrillo acorta seis o siete minutos de la vida del que lo fuma —dijo Salva.

—Joder, qué machaque —se quejó Gobi—. Prefiero repasar.

Gobi se metió en clase, y Teresa, que andaba rondando por ahí, le siguió como un perrillo faldero. Teresa había sido su última conquista, y sin flores, como apuntó Sara para zaherirme, pero saltaba a la legua que era ya un asunto acabado. Se habían enrollado el fin de semana, y Gobi estuvo el lunes dando todo tipo de detalles. Yo no sé qué veían las chicas en Gobi, cómo no se daban cuenta de lo que había detrás de la fachada, siempre tan falsamente educadito, abriendo las puertas y cediendo el paso y tú primero, y con los tíos se descojonaba, lo de tú primero es para mirar el culo, colega. En ese momento llegó con un pitillo entre los dedos Cachi, que había oído el último dato proporcionado por Salva.

—Vale, Pitagorín, ¿ya empezaste la Cruzada Antitabaco anual?

—Todos los años por primavera lo mismo, Salva —le dije—. ¿Qué te pasa en primavera? ¿Por qué nunca empiezas en invierno?

—No lo sé —dijo Pitagorín, y miró en derredor con expresión interrogante—. ¿Es cierto que siempre empiezo en primavera?

—Yo qué sé —dijo Gobi, que había vuelto. Al parecer, su paseo había sido una maniobra de despiste para desembarazarse de Teresa—. No te tenemos tan estudiado, ni que fueras la Diazvelia.

La Diazvelia era la profesora sustituta de gimnasia, y estaba como un tren. Cachito, que era un aprensivo y se había quedado pensativo con eso de los siete minutos, tiró disimuladamente el cigarrillo sin acabar al suelo. Sara y yo lo vimos, e intercambiamos divertidos una mirada. Sara se agachó, lo cogió y le dio una calada. Gobi y Cachi se metieron en clase con Pitagorín para copiarle unos problemas.

—Espero que estos tres minutos sean de los malos —comentó, refiriéndose a los que el medio cigarrillo restaba de su vida—. Seamos optimistas: hay muchas posibilidades de que amén así sea.

—Por fin solos —dije, pasando de su ácido pesimismo—. ¿Alguna novedad?

Negó con la cabeza. Los miércoles habíamos decidido hacer reuniones, por si surgía algo nuevo relativo a los ejercicios finales, y ese miércoles aún no la habíamos celebrado. Aquella historia daba emoción al colegio, rompía la rutina y nos acercaba más de lo que estábamos, nos hacía cómplices en la conspiración y el delito.

—¿Y tú?

—Tampoco.

—En realidad, no hay mucho más que saber —dijo ella—. Lo que hay que hacer es actuar y confiar en la suerte. Sospechamos cuál es el armario. Con mi horquilla mágica la puerta no es problema, esperemos que el armario tampoco. ¿Quién guardará la llave? ¿La directora?

En una de esas reuniones habíamos acordado que el armario había que abrirlo sin romperlo, y que el robo sería limpio, o no sería.

—Supongo que habrá varias —dije.

—Sí, es lo lógico. Si hay una en el despacho, se puede encontrar. Y si la directora la lleva encima, se le puede birlar.

—Hay otra cosa —dije—. Me gustaría que los exámenes se pudieran pasar a tres.

—¿Tres? Yo tres, tú tres, seis, tú y yo, ocho. Ocho de treinta y uno, ¿no será demasiado?

—No tiene por qué.

—Por mí vale. ¿Y en quién has pensado?

—En Josefina.

Sara me miró sorprendida. Yo también lo estaba.

—Está bien —concedió—. Pensé que la elegida iba a ser Teresa —amagó una sonrisa burlona—. Yo también pensaba decírselo a Josefina.

Eso también me sorprendió.

—¿Te cae bien?

—Sí. Pero si Josefina es tuya, yo escojo a Gobi, y aún me quedan dos.

Aquello me sentó como una patada. Había pretendido herirla, y el damnificado iba a ser yo.

—No. Josefina es tuya —dije—. Yo escojo a Cortázar.

—Vale. Los míos son Josefina, uno por decidir, y... Gobi.

Sara se puso las gafas de sol, se quitó la horquilla y movió la cabeza. Sus cabellos rubios, limpios y sueltos, hicieron en el aire un dibujo de arpa, de oro y de estaño. Blandió la horquilla, y dijo, alegremente:

—Nuestra horquilla de la suerte.

Y justo en ese momento sonó el timbre de entrar en clase, y yo salí disparado y despavorido hacia mi pupitre.

17

Yo pensé que a Sara la música que le gustaba era la clásica, por lo del *Stabat Mater*, pero un día me enteré de que intercambiaba con Polo discos de grupos actuales, lo cual me produjo unos celos horribles y asquerosos. Pero no es de música de lo que quería hablar, yo quería hablar de otras cosas, de las colecciones de momentos, y ya sé que parezco un yo-yo, siempre yo, yo, yo. Cristina dice que soy un egocéntrico, pero nadie me puede negar que en esta embrollada y lamentable historia yo soy muy importante, puede que incluso más que Sara, mi heroína pesimista, rubia, medio rockera y no especialmente guapa, aunque a mí me atrae más que el gas-oil a los jabalíes: no especialmente guapa excepto para mí, que me dio un flas y un cortocircuito y me enamoré por la cara y mi amor era asunto reservado y no se lo contaba a nadie bajo amenaza de pena capital y me enamoré por las cosas que decía, para mí es la chica más guapa del mundo conocido y por conocer y tiene una dentadura perfecta heredada de uno de sus progenitores y cuando sonríe su boca parece la ensortijada mano de la reina de Saba, tantos destellos irradia, y si alguien dice que entonces por qué va al dentista pues que no se pase de listo, no vaya a ser que tenga que pasar por caja, pero bueno, me estoy liando, tengo más tendencia a salirme de madre que un torrente, que el Nilo, que un sietemesino. El caso es que Sara me reveló que coleccionaba momentos, por ejemplo una tarde en que aprendió a bailar con su hermana para que cuando fueran mayores supieran hacerlo con los hombres, bailaban agarradas mirando su sombra, era por la noche y había luna llena, o cuando se tiró en altamar desde lo alto de un mástil de cinco metros, imaginando aterrorizada y por supuesto sin creérselo que el agua estaba infestada de tiburones, y digo aterrorizada porque aunque dijera que se quería morir le daba miedo, y hasta las cucarachas tienen instinto de conservación, así que no es para ir chuleando, como tampoco es para ir chuleando el que a uno le guste la música clásica, porque a las vacas para ordeñarlas les ponen a Bach y a Mozart y dan más leche, así que también las vacas la aprecian, y un día dije eso delante de Sara y pensé que a lo mejor se daba por aludida, y yo no lo decía por ella y me sentí fatal. Mientras hablábamos, se agachó y cogió de la acera el vilano de un cardo, y sopló y los filamentos del molinillo se esparcieron a los cuatro vientos y la corona desapareció, rey vegetal y destronado, y ése fue un momento que yo coleccioné, y me dio cosa pensar que a lo mejor así sería mi amor por ella, inconstante y frágil y errabundo y perecedero.

—Sé que nunca seré feliz —dijo—, al menos en el sentido normal de la palabra, así que me tengo que conformar con eso: con momentos que sean bonitos, y coleccionarlos. Ahora estoy coleccionando uno.

Estábamos en la urbanización de Santi, habíamos dado un pequeño paseo para despejarnos y ahora estábamos en la calle apoyados contra la tapia, ella inhalando nicotina y yo atendiendo a sus palabras y a las caprichosas evoluciones del humo. Pensé que se refería a ese momento que compartía conmigo, y no resistí la tentación de sondearla. Mejor me hubiera callado, porque en boca cerrada, y a mí me entró un moscardón.

—¿Y qué momento coleccionas ahora?

—Mira esa lagartija —habló, sin mirarme—. ¿La ves? En ese hueco, en la rendija, asomada para que le dé el lorenzo en la cabeza, ¿la ves? A un palmo de la parte de arriba de la tapia, a la altura de la planta ésa, ¿la ves? Mira qué pancha está, sin preocupaciones, tomando el sol y sacando la lengua. Se burla de nosotros, del mundo, y nos saca la lengua.

Éste es el moscardón al que me refería, no a uno de verdad, contante y sonante, y me dio un bajón repentino, de tobogán.

—¿No crees que es un buen momento para coleccionar? —me dijo sonriente, las gafas negras puestas, y un soplo de aire hizo temblar la tela de su blusa, donde las mangas y también donde el pecho.

—Sí —dije—. Realmente inolvidable.

18

A quélla fue la semana de los mosqueos y las tensiones y los moscardones, empezó con lo del momento coleccionado de don lagartijo y siguió con otras movidas, como la del taxi. Fuimos un día a estudiar a casa de Sara y otro a estudiar y comer rosquillas y bizcochos a casa de Santi, pues Sara y yo, aunque confiábamos en hacernos con las preguntas de dos o tres asignaturas, preferíamos ir sacando adelante el curso con normalidad, y además, no sabíamos cuáles íbamos a conseguir. Santiaguín vivía en un chalé con jardín y piscina. De lo que estaba más orgulloso —aparte del riego automático y de una dominicana que iba por las tardes a planchar y que según él estaba como un queso— era de la piscina, con una depuradora en las escaleras y una corriente de 8 km/h para hacer ejercicio nadando en contra. Esos días hizo calor, y Sara, previsora y femenina, se había traído bañador, aprovechando que el agua de la piscina de Santi se mantenía limpia todo el año, porque en invierno la tapaban con un plástico negro que impedía el paso de la luz y la caída de porquerías. Ése es otro momento que he coleccionado: Sara en la piscina de Santi, muy blanca de piel, porque era a principios de mayo y Sara podría pasar por nórdica, con un bikini negro años 50, la parte de abajo tipo pantalón corto, tipo chorts, como decía Cachi, y mirándola me parecía imposible que no estuviera enamorada toda la clase y todo el colegio de ella, y yo no sabía si el tiempo jugaba a mi favor o en mi contra, pero la cobardía, y por eso me había puesto un plazo, atacar como tarde y como fuera el día del robo de los exámenes, y me lo juré a mí mismo, romper su corazón de piedra y amarla y hacerla feliz, o casi. Ese día me lo pasé muy bien estudiando, porque a cada uno le gusta una cosa y a mí me divertía aprender algo, aunque fuera muy superficialmente, de la industrialización y los niños muriendo en las minas y el nacimiento del socialismo, y esa frase tan hermosa, el siglo XX será socialista, o no será, y qué pena que el egoísmo inherente al ser humano convierta en utopías las ideas justas y cristianas, y el desarrollo de Estados Unidos y Japón y la Unión Soviética, y el mapa mundial con los países de diferentes colores según índices de pobreza, y África negra casi entera de color rosa, el correspondiente al índice más bajo, menos de 40. El día anterior al de la tensión en el taxi lo dedicamos a la Física y Química, y si Sara exhibió en casa de Santi su bonito bikini negro años 50, Santi exhibió en casa de Sara su empanada mental años 90.

—El primer electrón es relativamente fácil de arrancar y se produce un salto brusco de energía cuando se pasa al segundo electrón, o sea, al revés que la primera cita con una tía, que es la difícil de arrancar. Después habría que hablar del enlace químico y el metálico, del iónico y del covalente. Después hablaría del mol, aunque la Manzano no me lo pregunte, que es la cantidad de sustancia que contiene tantas unidades como átomos de carbono hay en 12 gramos de carbono puro, y después diría que el carbono puro es con lo que se hacen los diamantes, y que los diamantes son para siempre, y que lo importante más que la reacción en sí es la capacidad de reaccionar, de estar vivo. ¿Qué tal?

—Menuda chapuza, Santi —me decidí, tras unos segundos de infructuosa búsqueda de una respuesta más a lo Metternich—. ¿Qué tiene que ver eso de los diamantes con el enlace químico? Parecías un anuncio hortera de amor y joyas.

—No está mal —se apresuró a contemporizar Sara—, pero Juan tiene razón. Estamos repasando el enlace químico.

—Bueno —se revolvió Santiaguín—, mirad que sois brutos, si esto lo entiende hasta la tonta de Espinita. Esto es una introducción, la Manzano se va a quedar flipada y medio atontada por mi rollo, y de paso demuestro que he asimilado las lecciones básicas. Y además, no me habéis preguntado nada croqueto.

—Concreto —suspiré.

Santi me miró de reojo.

—Concreto, me pones nervioso.

—Velocidad de una reacción química —intervino rápidamente Sara.

Yo me quedé un momento pensando que qué raro que Santi insultara a Espinita. Luego me enteré de que Santi había quedado con Marina, y Marina no había aparecido ni dado señales de vida, y por eso Santi estaba un poco descentrado.

—¿Veis? —dijo Santiaguín—, eso es algo cronqueto, ya hay donde agarrarse.

Santi empezó a ensartar disparates como si fueran

morcillas sobre la importancia de la velocidad en las reacciones químicas y en el mundo en general y sobre la superficie de contacto de los reactivos, y yo desconecté y pensé en la historia de Sara y en la de Zacarías, y ya dije que en algún momento la diría resumida. Sara se casó con Abraham, al que, creyéndose estéril, indujo para que procreara con Agar, su esclava, de la que nació Ismael. Pero Sara se quedó embarazada a los 90 años, tuvo a Isaac, y convenció a Abraham para que arrojase de su casa a Ismael y a Agar. La verdad es que Sara no sale muy bien parada en esta historia. Zacarías es el padre de San Juan Bautista, primo de la Virgen. Llegó a edad avanzada sin tener descendencia, y al no creer al arcángel San Gabriel cuando éste le anunció que tendría un hijo, fue castigado con la mudez, aunque recobró el habla al cumplirse la predicción. A mí me parece una bonita casualidad que tanto Sara como Zacarías tengan que ver con la esterilidad superada a última hora, y desde luego lo último que hay que perder es la esperanza.

—¿Qué tal lo he dicho, Juan?

—Perdona —dije, bajando de las nubes—. No te estaba escuchando.

—Bueno —dijo Santi—, hoy parece que todo el mundo la toma conmigo, ¿eh? O me criticáis o no me escucháis, y además, ¿para qué sirve todo esto? ¿Sirve para que te salga gratis el metro o para que Espinita quiera ir al cine conmigo? A mí me gusta Espinita, a Espinita Polo, y a Polo la que se ha enrollado, Magdalena, aunque en realidad la que le gusta es Graciela, se le nota a la legua aunque no lo diga, como si eso se pudiera ocultar, ¿y quién le gusta a Graciela? Este mundo es ilógico, ¿por qué nos enseñan reacciones lógicas? Deberían enseñarnos desbarajuste.

Santi lanzó malhumorado el libro sobre la mesa, y

calculó mal la fuerza. El libro golpeó el jarrón que se erguía sobre ella, y el jarrón cayó al suelo y se hizo añicos. Los tres enmudecimos como Zacarías, Sara pensando en el estropicio, Santi en lo que acababa de hacer y yo, egoísta, en que si a Polo se le notaba a la legua lo de Graciela, a mí a lo mejor también lo de Sara, y mi secreto mejor guardado del mundo un secreto a voces, y menos mal que Santi no me había desenmascarado allí mismo, en presencia de Sara, que fue la primera en reaccionar.

—No pasa nada, no era porcelana Ming. La verdad es que hacía tiempo que tenía ganas de provocar un accidente, te has adelantado.

Sara regresó con un cepillo y un recogedor.

—¿Y a ti quién te gusta? —me preguntó Santi, muy oportuno, y yo respiré aliviado, mi amor escondido.

—¿A mí? —repetí, para ganar tiempo, y me pareció que Sara me miraba de reojo mientras recogía los pedazos de jarrón—. La gente que no hace daño.

—De todas maneras, Santi —dijo Sara—, mañana estudiamos en tu casa. Así me pongo morena.

—Bronceada —corregí.

Sara me dedicó una mueca como diciendo qué simpático.

—Vale —murmuró Santi—. No sé qué me pasa, lo siento.

Pero todos sabíamos qué le pasaba, que tenía una espinita clavada en el corazón y no le iban muy bien los asuntos prematrimoniales y no podía pensar en otra cosa. Cuando Sara terminó de recoger encendió un pitillo, tras ofrecérnoslo por educación, pues sabía que tanto Santi como yo íbamos a rechazarlo, y lanzó al aire esos aros medio chungos que hacía, y que parecían aros de cebolla.

—¿Nico y Tina se han enrollado alguna vez? —preguntó.

Santi y yo nos miramos. Eran de la C, y no les conocíamos mucho.

—Que yo sepa, nunca.

—Pues les pegaría todo —dijo Saravacilona, echando humo por la nariz.

19

Hubo una cosa que me gustó mucho, y fue enterarme de que a Sara aquel jarrón le encantaba, y en lugar de enfadarse le había quitado hierro al estropicio, para no agobiar a Santi. Eso me lo dijo el día posterior, el del taxi. Por la mañana me había llegado una postal desde Isla Mujeres, Méjico, el paraíso hasta que llegaron los hombres, y entonces fue un paraíso para los hombres como tú, bandido, y un infierno para las mujeres. Hacia las ocho y media nos fuimos de casa de Santi, su madre nos ofreció acercarnos pero fuimos andando hacia la parada de autobús porque nos apetecía dar un paseo, y no sé cómo ni por qué, pero la cosa se empezó a liar. Yo dije que Espinita era una perra, y Sara dijo que lo único que había hecho era no enamorarse de Santi, y que eso no era una perrada, ella tampoco lo estaba. Empezamos así, por tontería, cada frase que decía uno el otro se la echaba por tierra, hablamos de los exámenes, yo dije que en la intentona frustrada ella no se había arriesgado y había tardado mucho en avisarme con el silbato, y ella dijo que hacer cualquier cosa conmigo ya era de por sí arriesgado, y progresivamente nos enconábamos más, y yo pregunté que a qué se había referido esa vez que había dicho que había sido muy golfa, y ella replicó que a mí qué me importaba, y no sé qué mosca nos había picado, pero si en ese momento yo hubiera dicho blanco, ella habría dicho negro, y al revés, parecíamos dos chiquillos y no nos dejábamos pasar una, ella me tachó de inmaduro y yo contesté, mira quién fue a hablar, la madura de la clase, la mayor, la que lo sabe todo, las de la isla mejicana os creéis la manzana de Newton y sois más bien la de Adán. Era una situación absurda, porque discutíamos por nada, porque sí, yo porque estaba rabioso de quererla y no atreverme a decírselo, y ella porque a veces se le cruzaba un cable, le hacía falso contacto como a la Chispazos, y no sabíamos quién había roto las hostilidades ni por qué, el caso es que estábamos muy enfadados el uno con el otro. Entonces ella dijo que no quería ir en autobús conmigo, y yo dije que yo sí quería, y lo dije precisamente para llevarle la contraria, por ese mecanismo automático que se había disparado, y luego rectifiqué y dije: Perfecto, porque yo tampoco quiero ir contigo, y en ese momento pasó un taxi a nuestro lado, despacito, a nuestra misma velocidad para tentarnos, y abrí la puerta y dije:

—Entra.

Y ella dijo:

—Ni lo sueñes.

—No entres.

Y ella estaba tan furiosa que reaccionó como una chiquilla, tanto presumir de madurez, todas las tías de nuestro curso siempre con el mismo rollo, que si eran más maduras y llenándoseles la boca con esa palabra, y para mí que las islas-mujeres son bastante más guapas que las cucarachas, pero igual de raras, y Saramula dijo:

—¿Me vas a mandar tú a mí?

Y entró, entonces saqué las 2.000 calas que llevaba en el bolsillo, todo lo que tenía, y se las entregué al taxista por la ventanilla y dije:

—Al Valle de los Caídos.

Sara se quedó sin habla, a lo Zacarías, el taxi arrancó y yo fui a la parada de autobús y pedí dinero para el billete, y la gente me miraba de una forma rara, como si fuera a metérmelo por vena, y por fin una señora mayor y muy amable se enrolló y me dio veinte duros a fondo perdido, y un chico de mi edad o un poco mayor, el resto.

Saratozuda y yo estuvimos cuatro días sin hablarnos, y si las miradas mataran más nos valdría haber sido gatos o gatas como Marlene, ni siquiera hola, porque Saraterca y yo —o nuestra relación— éramos así, hablando como cotorras y de pronto un mosqueo y apenas nos saludábamos y los dos deseando la reconciliación pero sin querer dar el primer paso, tal para cual, como decía Polo, y cuando nos reconciliamos, Sara me contó que intentó cambiar el destino del taxi, y el pesetas, como ella le llamaba rencorosamente, contestó:

—Yo le hago caso al chico, que fue el que me pagó. Además, es un hombre.

—¿Un hombre? ¡Un niño! —gritó Sara, y se puso histérica porque el taxista iba hacia el Valle de los Caídos, y a ella le iba el rollo de los muertos, pero en fin, cuando ella quisiera, a la carta, como si dijéramos, y no cuando lo decidiera por ella cualquier energúmeno.

—¿Y si ese memo le dice que me lleve a la luna, me lleva?

—Por ese dinero, ni loco.

Entonces Sara se puso histérica del todo, porque

no estaba para sutilezas ni chistes, sacó la cabeza por la ventanilla y empezó a gritar MUNDO MACHISTA, ASQUEROSO MUNDO MACHISTAAAAA, y el taxista también empezó a ponerse nervioso, y más cuando a Sara le dio un ataque de violencia bastante justificado, la verdad, y rompió un cenicero del taxi y quiso arrancar la manivela para bajar la ventanilla y abrió la puerta, el taxista se asustó y dijo que la llevaba a su casa, que se calmara, y ella dijo: ¡DEMASIADO TARDE, MACHISTA! ¡MUNDO MACHISTAAAAA!, y se abalanzó sobre el machista que tenía más a mano, y que resultó ser el pesetas, claro, que por suerte ya estaba aminorando la marcha, y consiguió arañarle la cara, Saramarlene, y el taxista, pálido como la cera, excepto los dos surcos rojos abiertos en su mejilla por aquella salvaje Sarafelina, logró frenar y sujetarla de las muñecas, no sin recibir antes unos cuantos zarpazos o manotazos, y en eso se paró una pareja de motoristas y procuraron poner tranquilidad, Sara dijo que iba a denunciar a ese cerdo por rapto, el taxista dijo que aquella chica estaba loca y que iba a dejar el taxi y que casi le mata y que en treinta años nunca había visto nada parecido, pidieron los papeles al taxista y la documentación a Sara, y Saragata dijo que NO TENÍAAAA, MUNDO MACHISTAAAAA, y por fin las aguas volvieron a su cauce y Sara a su casa, y aunque ella decía que cuando le sobrevenían esos arrebatos luego no se acordaba de nada, esta vez sí se acordó, porque me lo contó tal como lo he hecho yo, y además escenificándolo, porque ya he dicho que tenía algo de teatrera, y si no lo digo ahora, y de actriz de cine y a mí me conquistó con sus artes séptimas. Cuando supe toda la historia me arrepentí muchísimo, y es que soy un irresponsable y por hacer una broma casi organizo una desgracia irreparable. Como

Sarauñas no quería ni verme, me fui a estudiar con Cristina, que me lo había propuesto, y Cristina resultó ser una mandona y una charlatana que no paraba de largar y de incordiar, no había quién estudiara, y si estudiar con Sara a veces no era muy bueno, porque le prestaba más atención a ella que a los apuntes, estudiar con Cristina era aún peor, y más imaginando a Sara con su bikini negro años 50 en casa de Santi, y el ceño fruncido cada vez que se acordara de mí.

—... y entonces fue cuando dejamos de ir a La Manga, porque empezó a ponerse imposible de gente, pero Luz sigue yendo, y el último verano se echó un novio y todo, italiano, ya ves, ¿a ti qué te parecen los italianos?

—¿Qué tal si estudiamos un rato seguido?

—... bla, bla, bla, los italianos, pero los españoles bla, bla, bla...

Y así media hora, y yo aguantando mecha, hasta que mi aguja marcó zona peligrosa calderas a punto de estallar.

—¿QUIERES CALLARTE AUNQUE SÓLO SEA MEDIO MINUTO, POR FAVOR?

—¡A mí no me chilles! ¡Estás en mi casa! ¡Tú eres el único que no me chillas!

Cristina se abalanzó llorando sobre su perro de bolsillo, que respondía —cuando le daba la gana— al simpático nombre de Fufú, o Fifí, o algo similar, y casi asfixia al animalito con sus abrazos y casi le ahoga con sus lágrimas. Si no la maté en ese instante fue por las huellas dactilares y porque me habían visto el portero y su madre, no tendría coartada y luego, por si fuera poco, todo el mundo me crucificaría, toda la comprensión se reserva siempre para las víctimas, como si siempre estuviera tan claro quiénes son las verdaderas víctimas, y éste hubiera sido un caso bastante dudoso, uno de esos en los que un abogado amoral y avaro y brillante habría podido establecer una duda razonable. Apareció su madre imantada por el escándalo, y al ver a la carne de su carne deshecha en lágrimas y abrazada a su perro portátil me dedicó una mirada acusadora, yo me escabullí como pude, me despedí de Cristina, que no me contestó, y salí de allí, y es que esa semana estuvo llena de tensiones, Sara-yo, Santi-Sara-yo, Sara-taxista, Cristina-yo, parecía la Liga, todos contra todos y yo jugando siempre en campo contrario, y para mí que fue porque ya empezaba el calor a hacer de las suyas y a poner los nervios a flor de piel. Cuando nos reconciliamos y nos contamos lo del taxista y lo de Fufú, yo lo sentí mucho y me sentí muy mal, y dije:

—Lo siento.

Y ella me miró durante dos largos segundos, porque hay segundos mucho más largos que otros y el tiempo es una convención y los relojes son convenciones de segundos y eso lo sabe cualquiera, y después apartó la vista, y dijo:

—Bah, no te preocupes. En realidad, fue divertido.

20

En clase había unos cuantos colchoneros, un culé, Ferrer, al que su madre solía venir a recoger en un coche con matrícula de Barcelona y bandera de España en lugar bien visible, otros tres o cuatro que se pasaban el fútbol por la pata de abajo, y una mayoría de merengues, entre los que nos contábamos Santi, Sara y yo. A Chisplau le traíamos mártir, y cada vez que sacaba a relucir sus cuatro ligas seguidas le decíamos que sí, la primera vale, pero las dos siguientes con trampas arbitrales en Tenerife, que si arbitran así al Barça se arma una guerra civil, y la cuarta porque Djukic falló un penalti en el último minuto. A mí lo que más me fastidiaba de los atléticos era que fueran antimadridistas furibundos, tanto que preferían que ganara el Barcelona al Madrid. Los madridistas, en cambio, preferíamos que ganara el Atlético, que al fin y al cabo era de la misma ciudad. La semana anterior al partido decisivo contra el Depor tuvimos varios exámenes parciales. Esa semana Sara y yo comimos todos los días juntos, porque ya estábamos reconciliados, a veces solos y con mantel a cuadros azules y blancos cortesía de

Sara y a veces con más gente y sin mantel. De pronto se me ocurrió que a lo mejor el secreto mejor vigilado del mundo era un secreto que hasta las ranas conocían, porque lo cierto era que estaba todo el día con Sara, pero deseché esa idea rápidamente, pensando que quizá la gente tenga un despiste tan monumental que simplemente creyera que sentía una amistad pura y dura y certera y verdadera.

Hay algo que no he dicho, y ya va siendo siglo de que lo haga: aunque Sara se quisiera morir y todo eso, aunque pensara que el mundo es una calamidad y un error garrafal, aunque hubiera riego automático en sus noches de insomnio, aunque todo eso y muchas más cosas, también todo eso y mucho menos, porque tenía una expresión alegre, viva, los ojos brillantes, llenos de chispa, como cristalitos, como arañazos del sol en el mar, y se interesaba por lo que le rodeaba y por la gente. Quiero decir que no era una ceniza, que no era una muerta viviente. Después de comer tuvimos un examen de Literatura. En los exámenes, quien más quien menos intentaba copiar del vecino, o que le soplaran algo, o consultar sus chuletas, o que le pasaran un papelito, no con los mensajes de los días normales, Márquez a Graciela, estás más buena que la Pfeiffer, condenada, Graciela a Silvia, utilizando el mismo papel, mira lo que me ha mandado ese guarro, el sobacos, Gobi a todas, esta noche a las 9 en La Guillotina hay tema si tú quieres, Cristina a María, Juan me dijo el otro día estudiando que le gustaba y que le diera un beso, estoy hecha un mar de dudas, ¿tú qué harías?, Cachi a Cristóbal, ¿has visto que casi se le ven las braguitas a Josefina?, Jara a Josefina, ¿te gustaría dar la vuelta al mundo en barco conmigo?, Josefina a Jara, si el barco es un yate, sí, Teresa a Gobi, ¿te gusta mi vestido?, si no te

108

gusta me lo quito, Gobi a Teresa, quítatelo ya, sino un papelito con las respuestas a los ejercicios. A veces me preguntaba qué habría en la cabeza de los maestros. Durante años había creído que no nos cazaban porque éramos muy astutos y cuando copiábamos no se notaba. Ahora albergaba serias dudas, desde que un día subí a la tarima del profesor, cuando todos aguardaban sentados la negra aparición del García Sanjuán, y pude comprobar que era un observatorio desde el que se dominaba todo a la perfección. Y sin embargo, los profesores rarísimamente castigaban a alguien por copiar. ¿Por qué sería? Algún día se lo preguntaré a algún profesor, cuando ya no sea estudiante. Salí del examen el primero, antes de que acabara la hora, y casi inmediatamente lo hizo Gobi.

—¿Qué tal te ha salido? —le pregunté.

—Estupendamente. Mira, esto es lo que he escrito.

Gobi sacó del bolsillo un folio doblado en cuatro y me lo dio. *Los cascos azules deben abandonar Bosnia o intervenir a saco porque sirven para nada, ¿por qué los bombardeos? En cuanto en tanto táctica dilatoria pueden tener su motivo, de una forma paradigmática, sin la cual su valor como ejemplo para el resto del sector serbio no es seguro que alcance sus objetivos, lo cual puede hacernos dudar de su validez, en una guerra larvada, y me estoy poniendo malo pensando cosas y estoy harto en cuanto en tanto hacer como que escribo, y a ver si salgo ya y la Chispazos es medio tonta y voy a dar el cambiazo ya y la Diazvelia está buenísima y me la trincaba.*

—¿Qué te parece? —dijo, vacilándome.

—¿El cambiazo también lo has redactado tú?

—Sí.

—Entonces todavía no cantes victoria en tanto en cuanto —contesté, regocijado por la plancha.

Me encantaba darle de vez en cuando algún corte, porque Gobi no era exactamente mal tío, pero tampoco un santo, y sobre todo era un fantasma. Presumía, de entre otras mil cosas, de haber aprendido a leer a los catorce meses, con un método adelantadísimo. A lo mejor era verdad, pero desde entonces no debía de haber practicado mucho. Fueron saliendo los demás, con cuentagotas. Polo fue de los primeros.

—¿Qué tal? —le pregunté.

—Bien. ¿Y tú?

—Pasable.

Salió Silvia. Polo le preguntó por cortesía, pues jamás cateaba nada, porque además de bastante lista, era muy aplicada. Ella y Salva formaban el tándem de empollones de la clase, todo sobresalientes menos en gimnasia, y Cachi decía que deberían casarse y tener hijos superdotados y mejorar la raza, y Jimmy le acusaba de nazi y fascista, y Cachi decía que si él fuera el presidente del gobierno les obligaría por decreto para aumentar el coeficiente intelectual del país, y una de esas veces en que Cachi estaba soltando esas paridas, Polo contó esa anécdota tan divertida de Marilyn, que no se sabe si es verdad o leyenda, y según la cual Marilyn le propuso a Einstein tener un hijo juntos, para que saliera tan guapo como ella y tan inteligente como él, y Einstein desechó la honesta proposición diciendo Imagínese, señorita, que sale un hijo tan feo como yo y tan tonto como usted, aunque yo no creo que Marilyn fuera tonta, simplemente fue desgraciada.

—Fatal —dijo Silvia—. Me ha salido fatal.

Eso significaba un notable. Polo y yo fuimos andando hasta la esquina, y allí vimos, escondido, dedicado a sus cosas, a Jimmy, nuestro repetidor-pasota

110

oficial. Ni siquiera se había molestado en entrar al examen.

—Ahora se ha metido por las tardes a dar clases de billar —comentó Polo.

—¿Y qué dice su padre?

—Dice que a lo mejor eso sí lo aprueba.

21

En la fiesta de aniversario, en mayo, se iba al colegio, pero a partir de mediodía no había clase. De postre había helado, se hacían exhibiciones de gimnasia, por llamarlo de alguna manera, porque no estoy tan seguro de que unas petardas haciendo malabarismos con unos bolos y unas pelotas sean gimnastas, MUNDO MACHISTAAAAA, conciertos de música y partidos de baloncesto, los de 1.º ganaron a los de 2.ºB, y me alegré de haber perdido tan estrepitosamente en el famoso partido de la canasta de Cachito, porque así nos ahorramos la vergüenza que sufrieron ahora nuestros verdugos, y es que a los de 1.º no sé qué les daban de comer, pero tenían tres torres imponentes que encima sabían moverse, y a una de esas torres trillizas, Peña, fue al que pegué una piña hace dos años para defender a Pierna Roja con mi ataque sorpresa relámpago. La mitad de la efeméride la pasábamos remoloneando en grupo, haciendo vicentismo, como decía Epi, donde va Vicente va la gente, yendo de un sitio a otro sin ver entero ninguno de los espectáculos, y yo estuve un rato tirando a canasta desde la línea de tiros libres, pensando, si meto siete seguidas, es que le gusto, y si fallaba la segunda, o la cuarta, bueno, otra oportunidad, y si meto este gancho es que me la tengo ligada, y si fallo ésta es que pasa de mí, y si meto esta entrada es que tal vez, pero si la fallo es un aviso de que no tengo nada que hacer, porque mira que fallar eso, pero si fallaba, bueno, otra oportunidad. Ahora estábamos en la zona trasera del gimnasio sin hacer nada, toque de huevos, como decía Cachito.

—El humo ciega vuestros ojos. Los fumadores tienen un 50% más de posibilidades de volverse impotentes antes de los cincuenta años.

—Eso a ti seguro que no te preocupa, ¿verdad, Andrés? —dijo el imbécil de Gobi.

—Y si dejáis de fumar, disminuirá el riesgo de contraer cáncer no sólo de pulmón, sino también de boca, laringe, esófago, vejiga, riñón y páncreas.

—Joder —dijo Cachito—. Me están entrando ganas de papear.

—Y con esto —dijo Salva—, doy por terminada mi Cruzada Antitabaco del año 1995 de Nuestro Señor.

Clap, clap, clap. Gobi aplaudió con aire aburrido.

—¿Por qué eres tan coñazo, Pitagorín? —dijo Santi—. ¿Por qué diantres seré amigo tuyo?

—Ni idea —respondió Pitagorín—. Pero te lo agradezco de veras. No sé —agregó—. Supongo que también tendré cosas buenas aparte de haceros los problemas, ¿no?

Nadie se dio por aludido, y Salva se quedó en medio, con aire de desamparo. Esperé unos segundos, y como vi que Santi no parecía muy dispuesto a reconfortarle, dije:

—Claro que sí, Pitagorín, mucho mejores que algunos que se creen pistoleros de salón porque juegan medio bien al baloncesto y se han enrollado a dos tías.

Se hizo un momento de tenso silencio, y vi que el semblante de Andrés se llenaba de satisfacción.

—¿A qué viene eso, soplapollas? —dijo Gobi, de mal café.

En ese momento alguien tiró de mi brazo y me sacó de allí, probablemente salvándome de un puñetazo relámpago en los morros. Era Sara, muy excitada.

—¿Dónde te metes? Yo buscándote, ¿y tú? Tú buscándote problemas. ¿No ves que a Gobi no le duras ni medio asalto?

—Eso está por ver —fanfarroneé—. Pero claro, te gusta Gobi, ¿no?

—¿A mí? Qué va a gustarme. Estará muy bueno, pero a mí los trozos de carne no me van. Tengo la llave.

—¿Qué llave?

—¿Qué llave va a ser? La del armario, la de los exámenes, idiota. Ven.

Mientras hablábamos, habíamos ido distanciándonos del resto, y ahora estábamos a solas. Oíamos la música de una de las exhibiciones gimnásticas, y de cuando en cuando el silbato de un partido de baloncesto.

—Mira. Estaba con otras dos.

Sara me mostró una llave.

—¿Cómo sabes que es ésa?

La llave tenía un cartelito.

—ARMEXBUP. Armario exámenes BUP.

—¿De dónde la has sacado?

—Del bolso de la directora.

—Entonces...

—Hay que devolverla. Y deprisa.

Cerca del colegio había una ferretería en la que hacían copias de llaves. Corriendo no tardaría más de cinco minutos. Otros cinco para volver, y cinco más para que me la hicieran, quince minutos. No parecía mucho tiempo. Sara me convenció para que fuese yo. En primer lugar, era ella quien la había robado. Ya se había arriesgado bastante. Como me dijo, no sólo yo, también la directora y seguramente todos los profesores en ese colegio de cotillas sabían que la habían expulsado de su colegio anterior por robar exámenes.

—¿Por qué haces esto? —dije—. ¿Por qué te arriesgas? Estás sacando buenas notas sin copiar.

—Estoy harta de que las cosas simplemente pasen —contestó—. Estoy harta de que sigan su rumbo, quiero influir sobre ellas.

—¿A eso lo llamas ser diferente? ¿Eso es lo que pediste el día de la lluvia?

Por toda respuesta, Sara movió un hombro y las cejas, en un gesto que quería decir quién sabe.

22

En un cuarto de hora estuve de vuelta, sudoroso pero triunfante. Estuvimos rondando a la directora, y la oportunidad llegó en el comedor, cuando dejó el bolso en una mesa y se puso a hacer cola, porque era una directora democrática y comía lo mismo que los demás y sin saltarse la cola. La llave la metí suelta, sin pretender unirla a las otras de las que la había separado Sara, porque entonces sería facilísimo que alguien me viera hurgando, y no es tan raro que una llave se suelte. Ahora sólo había que esperar a que se acercara la fecha de los exámenes y robarlos. Con la llave y con la horquilla de Sara no parecía misión imposible. Dejaríamos una o dos ventanas sin los seguros echados para entrar en el edificio después de haber escalado el muro, y ya sería mala suerte que el Geppetto, que era el viejo que se quedaba de noche vigilando el colegio, porque vivía en él, nos pillara. Si, efectivamente, los exámenes estaban allí, haríamos fotocopias con la misma fotocopiadora del despacho, devolveríamos los exámenes a su sitio, dejaríamos todo cerrado, y sería el robo más limpio del siglo. Después de comer, las chicas fueron a cambiarse, porque era su turno de malabarismos, y los tíos nos acomodamos en las gradas, para disfrutar del espectáculo.

—Menuda noche —dijo Santiaguín, que se había sentado conmigo y al que había preguntado por sus estudios—. No sé qué pasa este año, pero hay cucarachas por un tubo. No pegué ojo, todo el rato oyendo un ruido asqueroso, rac-rac-rac-rac, y yo pensando: una puta cucaracha, ¿me levanto y acabo con ella?, no, intenta dormir, esa cucaracha es como Marina, no merece tus desvelos, y por fin me levanto porque no puedo más, enciendo la luz y localizo el ruido, ¿y a que no sabes qué me encuentro?

—No.

—¡Pues una puta cucaracha, hombre, si te lo estoy diciendo! No sé cómo se había infiltrado en una bolsa de papel, y me ve y se pone a corretear de un lado para otro, ric-rac-ric-ric, y yo creo que corre a tontas y a locas, pero no, la tía se esconde en las esquinitas donde no hay dios que la espachurre, y por fin la pillo, hago puré de cucaracha y al retrete con ella. Y luego tenemos la noche anterior, un mosquito bombardeándome, un fustigue peor que Pitagorín, aterrizando en mi cuello, mi mano, mi oreja, cualquier pedazo de piel es un helipuerto cojonudo para esos cabrones, fum, zum, bzzffff, ¿sabes que los mosquitos que pican son hembras, son mosquitas?

El rollo de Santi me estaba dejando medio sonado, y me imaginé a Sara indignada por lo de los mosquitos hembras y vociferando su grito de guerra, ESO ES UNA CALUMNIAAAAA, MUNDO MACHISTAAAAAA, y todas las chicas y las profesoras del colegio gritando eso y rompiendo nuestros apuntes y nuestros libros y persiguiéndonos y diciendo que los hombres éramos todos unos explotadores y unos cerdos.

—Y al ir a lavarme los dientes, ¿qué veo?

—Una puta cucaracha —dije, saliendo de mis manías persecutorias.

—¿Cómo lo has adivinado? —parecía sinceramente sorprendido—. Una jodida cucaracha, que no sé cómo me ve, y se acojona, ¿cómo ven esos bichos tan enanos a alguien tan grande? ¿Y cómo intuyen que vas a por ellos? Qué instinto, se pone a corretear como es costumbre entre las cucarachas, se esconde detrás del cesto de la ropa, lo muevo, hace una carrera suicida hasta el armarito con ruedas, corren endiabladamente, con esas patitas. ¿Sabes que si estallase una guerra nuclear sólo sobrevivirían las ratas y las cucarachas? Ésa me parece la mejor razón de todas para evitar como sea una guerra nuclear.

—Vale, tío —le dije—. Sólo te había preguntado que cómo veías los exámenes.

—Pues ya ves cómo los veo, de color negro, negro asqueroso, negro cucaracha. Y además, sólo te estaba contestando, imbécil.

A Santi, que era de los ricachos del colegio, le habían prometido una moto si aprobaba todo en junio, y la promesa llevaba camino de conseguir el efecto contrario. Los demás solamente nos jugábamos lo de siempre, pero ahora él se jugaba más: una moto, sacar a pasear a Espinita. Iba a contestarle a eso de imbécil, pero una nutrida salva de aplausos y silbidos hizo que nos concentráramos en el campo: las chicas, no sólo nutridas sino también uniformadas, lo llenaban, y a nuestro alrededor empezaron a oírse piropos, groserías y comentarios burlones o admirativos, relativos no a los ejercicios, sino a las piernas, pechos o traseros: eso, para que os fiéis de los espectadores masculinos.

23

Por fin, tras cuatro años de sequía, el Madrid ganó la liga. El primer sábado de junio jugaba contra el Deportivo de La Coruña, al que aventajaba en cuatro puntos. Como únicamente restaban dos jornadas más, un empate bastaba. Nos reunimos diez en casa de Polo, ocho chicos y dos chicas, una que no era del colegio y que se llamaba Natalia, y la otra Magdalena, la que estaba saliendo con Polo. Cuando Amavisca metió el primer tanto, Santiaguín casi me asfixia de un abrazo, y es que, por muy canijo que fuera, hacía 68 flexiones de brazos seguidas y eso se nota. En medio de la euforia producida por el gol (incluso Ferrer reconoció que no había sido fuera de juego, para librarse de alguna colleja, supongo), Polo puso el himno del Madrid, las mocitas madrileñas, las mocitas madrileñas van alegres y risueñas porque juega su Madrid, hala Madrid, hala Madrid, caballeros del honor, y los demás lo coreábamos, y Héctor debió de hacer algo más que corearlo, porque recibió un empujón de la tal Natalia. Empató Bebeto, pero a falta de cinco minutos para el final, Zamorano estableció el definitivo 2 a 1. Santiaguín no decía ni pío.

Era el más forofo, un auténtico enfermo, y tenía los ojos cuajados de lágrimas.

—Vamos, Santi —le dije, algo embarazado—. Que no es para tanto.

Me abrazó.

—1.900 días —dijo—. 1.900 días sin ganar la liga, coño.

Sonó el teléfono. Polo estaba ocupado celebrando apasionadamente el triunfo con Magdalena y descorchando una botella de cava al tiempo, artistas que nacen algunos, y contesté yo. Una voz clara empezó a corear:

—Campeoooones, campeoooones, oeoeoeeee...

—¿Sara?

—Qué Sara ni qué sarampión, soy Zacarías, idiota.

—¡Zac! Por fin, ¿eh?

Llevaba años inculcándole los amores al club blanco, con remordimientos porque los últimos años habían sido finos, y ahora recogía los frutos.

—¿Cómo que por fin, Zarpas? Es la 26 liga de 64. ¡Somos los mejores! ¿Viste el penalti a Zamorano que no pitó el árbitro zarrapastroso?

—Sí —dije—. Pero a ellos les hicieron otro.

—¡Y qué! ¡Jugábamos en casa! Además, el otro no fue tan claro.

Pensé que tendría que seguir inculcándole, pero un poco menos, no fuera a pasarse de rosca.

—¿Sabes por qué se arrodilla Amavisca?

—¿Por qué? —le pregunté, aunque yo también lo sabía.

—Porque se murió su amigo en un andamio y le dedica los goles. ¿Y dónde está Butragueño? No le veo.

Héctor llevaba un rato haciendo señas de que quería llamar, y me despedí del peque. En la calle las

bocinas de los coches festejaban el triunfo e indigna-
ban a los atléticos y a parte de los no futboleros. Baja-
mos. Un borracho sentado en las escaleras de un por-
tal preguntó:

—¿Quién ha ganado?

—El Madrid, quién va a ser —contestó alguno.

—¡Bien! —gritó el indigente—. ¡Bien, bien, bien,
ha salido bien! ¿No te jode, culé de los cojones?

—Ya estamos —se quejó Chisplau—. Ya empezamos con los insultos y las descalificaciones personales.

—Bueno —le consoló Polo—. Llevabais cuatro seguidas.

—Y una copa de Europa.

—Nosotros tenemos seis —replicó Santi—. Y llevábamos cinco ligas antes de vuestras cuatro.

—Sí, seis copas de Europa —se mofó Ferrer—, seis
copas de Europa llenas de telarañas.

Pasamos ante la puerta de un bar con televisión.
Los jugadores continuaban en el césped, se abraza-
ban, se quitaban las camisas, lloraban, saludaban al
público. Míchel, eufórico y trajeado, era una sonrisa
con patas y ya sin muletas. Luego supe que el Buitre
se había quedado en el vestuario, esperando a sus
compañeros.

—¿Vamos a la Cibeles? —propuso Cachito, que
estaba casi ronco de animar a los blancos, y de insul-
tar a los jugadores y entrenadores de ambos equipos
y al trío arbitral.

—Tú siempre haciendo vicentismo, Cachi, ni que
te gustara el olor a choto.

—A la Cibeles no, que estará de bote en bote —dijo
Gobi—. Vamos a celebrarlo a La Guillotina.

—Como si hiciera falta una disculpa para coger-
nos un ciego —dijo Blas, sentencioso, casi censor.

24

Un día de la semana siguiente, en el coche, justo antes de que mi madre nos dejara en el colegio, Pierna Roja, que iba sentado detrás y se había mantenido todo el trayecto en silencio, cosa notable en él, dijo:

—¿Qué le ha pasado al Buitre, Zarpas?

Yo reflexioné un instante antes de responder.

—Creo que ha sido una cuestión de carácter, Zac. Era demasiado bueno, como nosotros. ¿Sabes? Creo que en esta vida hay que ser un poco más malo.

—Se dice peor —me llegó desde atrás su voz resabiada.

—No le hagas caso a tu hermano mayor, Zacarías —intervino nuestra madre—. A veces dice tonterías. Nunca se es demasiado bueno. Nosotros procuramos serlo, y no nos va tan mal.

—Sí, claro, somos millonarios —dije.

—Vaya tontería —dijo mi madre, despreocupada, casi alegremente—. Tenemos todo lo que nos hace falta. Y si sigues diciendo tonterías, te bajas del coche y vas en el de San Fernando.

Y frenó, porque ya habíamos llegado. Butragueño

era un ídolo para Zac, y para muchos otros niños, un ejemplo. También para mí lo había sido, pero yo ya estaba dejando atrás la etapa de tener ídolos. A Butragueño ser extremadamente respetuoso le valió el respeto de los demás, así que tal vez tuviera razón mi madre. Cruyff, su ídolo cuando él tenía diez o doce años, no perdía ocasión de alabarle, aunque es cierto que no por su forma de ser, sino por su juego. En esta liga, su última como madridista, cuando Valdano ni siquiera le convocaba, Butragueño fue a Barcelona a ver el partido del Madrid. Con el Camp Nou vacío, quiso darse un paseo en solitario para evocar tantas noches de fútbol y pasión, de duelos en la cumbre que ya nunca le tendrían como uno de los protagonistas. Fue su último e íntimo homenaje al otro grande del fútbol español, porque para el Buitre no había enemigos, sino rivales, como le dijo mi padre a Zac. A mí la directora no me caía mal, pero me daba rabia que hubiera prohibido jugar al fútbol en el colegio, con la disculpa de que hacía veinte años habían roto la ventana de su despacho de un balonazo, y por eso tampoco me caía bien, porque era muy demócrata, vale, y hacía cola en el comedor y comía lo mismo que los demás y todo eso, muy bien, y se podía elegir entre Ética y Religión, pero había cogido manía al fútbol en la época de Franco, porque era de las que decía que el franquismo lo había utilizado como válvula de escape, como opio, como circo romano, y no tenía en cuenta que para nosotros sólo era un juego divertido, nada más, un deporte, y encima no había más que abrir los ojos y mirar a nuestro alrededor para ver que ahora al fútbol le daban más cancha que nunca, y la directora aparentemente era muy abierta, sí, pero nuestra opinión futbolística mayoritaria no contaba para nada, y a Iciar y a Fabio les vio besándose en el patio, nada más que eso, besándose, y les apuntó en el libro negro y les expulsó durante una semana, semana que pasarían besándose, supongo, la inutilidad de los castigos, y les largó un sermón sobre la moral y veinte cosas más, y a lo mejor lo que pasaba era que le daba rabia no estar ya para esos trotes, porque lo de la aventura con el Sanjuán era un disparate producto de mi imaginación calenturienta y no había más que ver a la pobre, que le temblaba el pulso y su cabeza parecía los Alpes y su cara cuarteada un pantano seco y estaba en el límite superior del público de Tintín, 77 años.

Esa mañana, cuando llegué a clase, Sara me comunicó que el golpe sería el lunes, porque ya estarían los exámenes preparados, pues seguramente los prepararían el fin de semana.

—El lunes por la tarde dejaremos un par de ventanas abiertas. Ah, y lleva todo el dinero que puedas reunir, por si hay que untar al Geppetto.

Y como vio que yo ponía cara rara, añadió:

—Es así como funcionan los servicios secretos y todo el mundo, ¿no? ¿O es que tú no lees los periódicos? ¿En qué mundo vives?

Estuve a punto de decir que vivía en el Saramundo, en el Saratema Solar, y también en el mundo de mis padres y mis amigos y en el de Zacarías y en el de mi primo Mateo y en el de ninguno, y en el mundifútbol y en el munditontería, pero me callé a tiempo, antes de empezar a proferir las memeces que se me ocurrían, decir una tontería tan grande y tan elefante como decir a Sarasobornos, por ejemplo, que la quería, y que nunca querría a otra en la riqueza y en la pobreza, en la salud y en la enfermedad y hasta que la muerte nos separe con su afilada guadaña.

25

He hablado de coleccionar momentos; pues bien, aquel lunes coleccioné muchos, y lo que más me gustó fue que la mayoría coincidirían con los que ella guardaría en su colección, y yo pensaba: tengo que atacar, tengo que atacar, se cumple el plazo. Yo llevaba para el Geppetto todos mis ahorros, y si añadidos los de Saracorrupta no guardaba silencio en caso de pillarnos, raro sería, teniendo en cuenta la miseria que le pagaban, a juzgar por cómo vestía. Por fortuna la calle del colegio era una calle solitaria, en parte precisamente por el colegio, pues el solar que ocupaba era bastante extenso, y salvamos el muro subiéndonos a un coche abandonado y encaramándonos a un árbol. Al caer hicimos algo de ruido, pero eso no nos asustaba porque el Geppetto estaba medio sordo, no sólo por la edad, sino porque en la guerra una granada le había reventado un tímpano, y de vista era más corto que alegría en casa de pobre. A nuestro encuentro salió Lenin, el perro de Geppetto, al que llevábamos semanas camelándonos y que vino meneando el rabo. Sara sacó una chuleta de cerdo que llevaba envuelta en papel de aluminio y se la dio. Lenin, que evidentemente no era judío ni musulmán, se abalanzó sobre el trozo de carne. Siempre estaba hambriento, porque Geppetto no le alimentaba mucho, o mejor dicho, nada: Lenin comía de las sobras del comedor, cuando se acordaban las camareras o los alumnos.

—¿Está envenenada? —pregunté, mientras Lenin devoraba la carne sin masticarla.

—¿Estás loco? —contestó Sara—. ¿Crees que soy una perricida?

Dejamos al perro, pasamos ante la casita de Geppetto, que estaba viendo con el sonido a todo volumen un concurso de esos con azafatas enseñando carne, que sin duda habría gustado mucho al Lenin perruno, y seguramente al otro también, bordeamos la cancha principal de baloncesto, y probamos una de las ventanas que habíamos dejado abiertas. Continuaba así, y saltamos adentro. Encendí la linterna, y llegamos a la puerta del despacho. Sara la abrió en menos de medio minuto con su horquilla mágica. Entramos. Iluminé la cerradura del armarito y Sara probó la llave.

—Apresúrate —dije, nervioso.

Valía. Entre los dos, muy silenciosos, con el corazón saliéndosenos por la boca, al menos en mi caso, comprobamos los ejercicios que había. Para nuestra clase estaban los de recuperación y finales de Matemáticas y Literatura, y los finales de Geografía. Éramos saqueadores de templos, profanadores de tumbas.

—¿Ves el de Latín?

—No.

—Maldita sea —masculé.

La linterna creaba un círculo de luz amarillenta, y Sara, de perfil, parecía una saludable enferma de hepatitis, a la que yo, el doctor, debería atacar, para no pasar a la historia como un perjuro y un cobarde. Lenin empezó a aullar. Apagué la linterna.

—Vámonos —dije—. Está siendo demasiado fácil.

—¿Qué quieres decir?

—Las cosas normalmente no salen bien.

—Pareces yo —se burló Sara—. Faltan las fotocopias.

Encendí la fotocopiadora, que tardó un interminable minuto en calentarse. Sara hizo las fotocopias de las preguntas, guardamos éstas en el armarito, lo cerramos con llave, apagamos la máquina y salimos del despacho. Para saltar la tapia empleamos la escalera con la que Geppetto podaba las enredaderas. Lenin nos escoltó meneando el rabo, mientras Geppetto seguía viendo cacha, y es que, comunista o no, no por ello iba a dejar de sentirse atraído por el eterno femenino.

—Felicidades, bandido —dijo Sara—. Hoy has sido Juan Sinmiedo.

Y me dio un rápido beso en la mejilla.

Saltamos cogidos de la mano, ella nada más besarme y yo un instante después, caímos a la calle, y corrimos como locos hasta ponernos fuera de peligro, en mi mejilla todavía el fugaz calor de un beso, un beso que alimentaría mi imaginación de Juan Conmiedo. Nos sentamos en un banco, bajo la piadosa luz de una farola.

—Lo conseguimos —dijo Sara—. Un golpe perfecto, un robo limpio, de guante blanco. Y sin gastarnos un duro —añadió, mostrándome un instante los billetes.

Y mientras se colocaba la horquilla me miró con una mezcla de admiración y ternura que yo no le conocía. Ahora, me dije. Es el momento. Pero tardé en decidirme, y el momento voló como un pájaro asustado.

—Déjamelas ver —dije.

—No seas impaciente —contestó—. Primero, para celebrarlo, vamos a hacer señales de humo.

Sacó un pitillo, lo encendió con su mechero, y sin apagar la llama, arrimó el encendedor a las fotocopias, ante mi mirada incrédula y fascinada.

—¿Qué haces? —acerté a balbucear—. ¿Estás pirada?

Para cuando yo pronuncié esas palabras, los folios eran ya una antorcha que Sara dejó a nuestros pies, un poco más allá para que no nos quemara. Una luz se hizo en mi cerebro.

—¿Te las has aprendido de memoria y lo haces para que no queden huellas?

Y ahora era yo el que la miraba con admiración y ternura, casi con reverencia, como si fuera la imagen de una santa o de la mismísima Virgen María, y entonces ella negó con la cabeza, mirándome muy dulcemente, desde el cielo.

—Estás loca —dije—. ¿Para esto me he jugado que me expulsen?

De nuevo Sara negó con la cabeza.

—Yo te convencí a ti —dijo—, y tú a mí. Yo te convencí para robarlos, y tú de que era aprovecharse. Los dos nos salimos con la nuestra.

—¿Es cierto eso? —dije.

—No del todo —admitió—. Yo sólo quería demostrar que éramos capaces. Lo que importa es el viaje, no la meta. Lo que importa es el camino que no tiene retorno. ¿Recuerdas el discurso chapuza de Santi en mi casa, el día anterior al del taxi? —hizo una mueca para evidenciar que aún no había olvidado mi canallada—. Lo que cuenta no es el resultado, sino el esfuerzo, el reto, no el fin. Lo que importa no es la vida, sino estar vivos.

Yo escuchaba, intentando entender lo que ella me iba diciendo sin conseguirlo del todo. Trozos negros de papel volaban por el aire a baja altura, se alejaban a saltos, despegando y aterrizando como campeones de triple salto, y las cinco o seis fotocopias se habían consumido ya del todo, con un último gesto retorcido y desmayado.

—Nos la hemos podido cargar —dije, abatido—. Total, para nada.

—¿Y los riesgos, y las emociones? —me dijo ella, cogiéndome la mano, y yo me di cuenta de que era la primera vez que me la tomaba, y que lo hacía con dulzura, aunque no blandamente—. ¿Y esos momentos que hemos coleccionado? ¿Y las intrigas, las conspiraciones, nuestra Doble Alianza? ¿Cambiarías todo eso por un notable, por librarte de diez tardes de estudio?

Mientras ella hablaba, yo coleccioné otro momento, coleccioné los últimos restos de papel carbonizado corriendo ligeros sobre la acera, desmenuzándose, tiznando modestamente la ciudad, mi Madrid sucio y desharrapado y lleno de cicatrices, de llagas abiertas y malolientes, y pensé que si ella quería enamorarme del todo con toda aquella historia, que si ésa era la última y verdadera intención de aquel embrollo, robustecer y engordar y vitaminar mi amor rojo, inocente y loco, y estúpido por más señas, entonces sí, entonces había sido el golpe perfecto, y pensé que también ella sentía algo por mí, no sabía si amor u otro tipo de afecto, porque ella nunca se había enamorado de nadie, y me insulté y me desprecié y me maldije por no ser capaz de cumplir mi promesa, por permitir que el plazo expirase, por no decir en ese mismo instante cuánto la quería, y por cogerla de la mano sin tan siquiera esperar a que acabara el cigarrillo, y decir, levantándola del banco:

—Vamos.

26

C achito empezó a respirar agitadamente: le estaba dando un ataque de angustia previa incontrolada. Esto era algo así como los efectos secundarios del García Sanjuán, sequedad de boca, temblor de manos, encogimiento de estómago, bloqueo cerebral, parálisis de las neuronas, todo muy parecido a los efectos secundarios de mi amor tímido y sin retorno, pero a Cachi le daba más fuerte, y seguro que había soñado con alguno de los típicos discursos del Sanjuán, a ver si espabiláis, porque en mi clase el bien es para el mejor, el notable sólo lo saco yo, y el sobresaliente lo reservo para Dios.

—Ya me está dando —susurró Cachito—. Me viene. Me viene. Lo estoy haciendo fatal, lo estoy haciendo fatal.

Cachito empezó a propinar pataditas en las patas de nuestro pupitre y a ponerme nervioso.

—Estáte quieto, coño. Aún no has empezado, ¿cómo vas a estar haciéndolo fatal?

—Me encuentro mal, me encuentro mal... Necesito agua, un litro de agua, ¿por qué salí el sábado, por qué fui al cine el domingo?

—Ni puñetera idea —dije—. Y estáte quieto, joder.

Nuestro pupitre vibraba, mi bolígrafo se trasladó hasta el borde y lo agarré antes de que se despeñara. Cuánto sufrimiento se podría haber evitado si Saraloca no hubiera quemado los exámenes, pensé, y sin embargo, no me parecía mal.

—Voy a hacerlo bien, voy a hacerlo bien. He estudiado mucho, he estudiado mucho, voy a aprobar... ¿Vas a soplarme?

Cachito me miró angustiado. Sádicamente, me tomé mi tiempo antes de asentir.

—Copia lo que quieras. Pero recuerda, con el Sanjuán ni palabra.

En ese momento, arrastrando su elegante cojera, el García Sanjuán hizo su irrupción en el aula, que se puso en pie a una. Dirigió una mirada de halcón a toda la clase, y con su maletín negro y sus ademanes algo rígidos se dirigió hacia su mesa, el otero de un ave rapaz, entre el ruido de carpetas que se cerraban, libros que se guardaban en las cajoneras y últimos y apresurados cuchicheos. En cuanto alcanzó su puesto y nos enfrentó, se hizo un silencio absoluto, esto va a ser el Valle de los Caídos, pensé, MUNDO PERROOOOOO.

—Bien —dijo el García Sanjuán—. No quiero oír ni una mosca, y mucho menos preguntas viciosas. Pueden sentarse.

Sonó el estruendo que hacen 31 personas al sentarse rápidamente y a la vez, y el profesor, tiza en mano, escribió:

Calcular la derivada de las funciones:

$$f(x) = \frac{2x + 5}{3} \qquad f(x) = \frac{2}{x - 3} \qquad f(x) = \frac{2x - 3}{3 - x}$$

—Diez minutos para este problema —dijo el ogro Sanjuán, y sus palabras fueron saludadas con un ruido de bolígrafos y papeles—. Prohibidas calculadoras, ni que decir tiene.

Y a Cachi casi le dan los siete males allí mismo, y no es que fuera muy difícil, pero hay que tener en cuenta que no era precisamente un genio en matracas ni en cualquier otro campo, un Mozart o un Pergolesi, el número más vago el 4, siempre en una silla, el más femenino el 8, todo curvas, y el más marcial el 1, siempre con el mosquetón al hombro, y eso era todo lo que sabía de números, más o menos, y al verle así, que parecía una copia de cera de sí mismo, me arrepentí de no haberle incluido en mi lista de beneficiados por el sindicato del crimen, aunque ya diera igual.

27

Aquellos últimos días de curso fueron agotadores, yo me consumía entre mi amor por Sara saboteado por mí mismo y los nervios de los exámenes, Márquez, Cachi y Paloma ya tenían Matemáticas para septiembre, Jara había cateado Física y Química, y decía que ya la estudiaría recogiendo tomates en Badajoz, y Jimmy hacía acto de presencia en los exámenes y salía en cuanto se enunciaban las preguntas, excepto en el de Lengua, que era la única asignatura que le gustaba. Sin que se sepa por qué, porque le dio por ahí, el profesor de gimnasia nos metió más caña que nunca, llegaba cansado a casa y me ponía a estudiar, porque por primera vez estaba viendo las orejas al lobo, y si estudiar con Sara me desconcentraba, estudiar sin ella tampoco era plato de buen gusto, porque me la imaginaba con otros y me subía por las paredes. El homenaje a Butragueño era el 15 de junio y eso también puso su granito de arena para mis dificultades estudiantiles, yo había hecho una cola de dos horas para sacar las entradas. El día anterior a la despedida mi hermano entró en mi cuarto.

—Eh, Zarpas —me dijo—. ¿Sabes cuántas tarjetas rojas sacaron al Buitre en toda su carrera?

Fingí no saberlo.

—Muy pocas. ¿Una, dos?

—Ni una —dijo Zac, lleno de orgullo—. Ni una sola expulsión en toda su vida, ni siquiera por dos tarjetas amarillas.

Se acercó y echó una ojeada al libro que estudiaba.

—¿Me dejas ver las entradas?

—¿Otra vez?

Saqué las cuatro entradas de la despedida del Buitre y se las enseñé. Pierna Roja estuvo mirándolas un minuto largo, casi sin atreverse a tocarlas. Después me las devolvió y salió sin decir nada, y yo seguí repasando, pero en seguida vi el rostro de Sara, su semblante, y su cara cambiaba cada cuatro segundos, o mejor, su mirada, su mirada de vaivén, de columpio, de partido de pádel, su mirada de vuelo de mariposa o de hoja que cae de lo alto, Saraapartaojos, era primero rubia fatal y luego heroína orgullosa y luego rusa exótica y después pirata sanguinaria y acto seguido bailarina desconsolada y frágil quelloraporquenotienetrabajoninadaquecomeryaúnnosabequeunpríncipeazuloamarillosefijaráenella, y mi amor en Technicolor y en tres dimensiones y en realidad virtual porque era un amor del siglo XXI crecía y crecía y se sobredimensionaba y se convertía en un amor de cuatro dimensiones contrachapado y reforzado con aluminio, ¿cuál es la cuarta dimensión?, el tiempo, entonces mi saraamor de tres dimensiones, alto, ancho y largo, o si se prefiere, bajo, gordo y estrecho, de carne y hueso, palpable, se convierte también por efecto de su mirada en tiempo, en amor de espíritu y transparencia, etéreo, en amor que aspira a ser eterno, y en vez de sumergirme en el texto yo nadaba en sus ojos azules, volaba en ellos como pájaro en el cielo, y en lugar de estudiar me imaginaba a Sara y la deformaba con mi imaginación, y empecé a recordar la noche del sábado anterior, tus ojos azules, dije, son verdes, dijo ella, nunca te fijaste, bandido, claro que me fijé, Claudia, son verdes para quien no sabe ver la promesa de cielo que hay en ellos, dije para salvar mi metedura de pata, mi esguince de tobillo, y metiendo aún más la pata, estás borracho, replicó, y no hables de promesas, nunca me prometas nada, yo nunca te he prometido nada y así nunca te defraudaré, y además estás borracho, me cambiaste el nombre dos veces esta noche, ¿qué bebiste?, me llamaste Claudia, forajido, ¿en quién pensabas, maldito, en quién pensabas, qué bebiste, qué había en la fuente que encontraste en tu camino, salteador de caminos?, todas esas preguntas me hizo, y es que las mujeres a veces son así, hacen muchas preguntas seguidas como ametralladoras y no te dan tiempo ni a contestar, nada, dije, una copita de nada, ¿y tú?, ¿qué fumaste?, nada, dos apestosos cigarrillos de nada, catorce minutos menos, operación asfalto, y otra vez pensé que Sara se quería morir, no por algo puntual, concreto, no por un desengaño amoroso, o por una traición o una deuda de juego o de honor, sino por algo general, abstracto, por la vida, por la tristeza, por el dolor, me cambiaste dos veces el nombre esta noche y no hay dos sin tres, venga, vamos, ¿a qué esperas para la tercera, bandido?, Claudia me llamaste, ¿en quién pensabas?, en la prometida del Jabato, dije, me enamoré de pequeño de una patricia romana, era morena y su peinado era de cola de caballo y jamás la vi despeinada, a lo mejor por eso te pareces más a la prometida del Capitán Trueno, Sigrid, era rubia, una vikinga del brumoso reino de Thule, siempre enamorados cien por cien y a muerte y nunca se casaban porque siempre ocurría algo, ¿no te llamé Sigrid, estás segura?, sí, Claudia, dos veces, ¿en quién pensabas?, en una brasileña, en una brasileña de Ituverava, ¿de donde yo te mandé una postal?, sí, de allí, vete al Infierno, se sulfuró Sarasigridclaudia, vete al Infierno y que el diablo te trate bien, yo pensaba en Gobi, para que te enteres, yo en Gobi y tú en la novia de papel del Jabato o en una brasileña, me dijo, y yo en Gobi, y al oír aquello me entraron unos celos burgueses y terribles, porque yo, que pensaba en la injusticia y en lo mal repartidos que están los bienes del mundo, no quería compartir a Sara con nada ni con nadie, y entonces los ojos de Saratriste se empañaron, de bruma marina o de niebla de montaña, verdes o azules, mar o cielo, qué más daba nadar en ellos como pez en el agua verde o volar como pájaro en el cielo azul, y su humedad pasó a ser del 100%, no me gusta Gobi, dijo, idiota, nunca me he enamorado, dijo, idiota, el amor es una estupidez, y yo casi salto de alegría y rompo el techo con mi cabeza dura, aunque no despegué los pies del suelo, nunca me he enamorado, idiota, vete con tu brasileña, y Saralluvia se puso a llorar, humedad de sus ojos 125%, idiota, y yo me acordé del hermano mayor de Santi, el que ahora está haciendo el paso de la oca o sucedáneo, cuando hace años regresó de una cita con una chica, la chica con la que se va a casar cuando termine la mili, nosotros éramos pequeños y por lo tanto excusablemente curiosos y él iba a la universidad, qué tal, le preguntamos, fatal, contestó, un desastre, bebimos y bailamos y nos reímos y nos besamos y todo lo demás, y todo era maravilloso, y por qué un desastre, preguntamos Santi y yo, que éramos pequeños y por lo tanto disculpablemente curiosos, porque sí, contestó, porque me he enamorado de ella y no quería enamorarme, yo no quería enamorarme, no entraba en mis cálculos, no entraba en mis planes, y así fue como Santi y yo experimentamos en carne ajena que uno puede enamorarse sin calcularlo y sin planearlo, y eso es lo que me ha pasado con Saratriste, y es una desgracia y una maldición, y Saranubes ya no lloraba, su humedad ocular debía de rondar ahora el 80, el 85%, ya no lloraba, pero dijo, no lloro por ti, idiota, ni por Gobi ni por nadie, y menos por alguien que lleve pantalones, idiotas todos que sois, lloro por mí, imbécil, ¿qué te has creído?, porque soy egoísta y por eso lloro por mí y no por los demás, y entonces no la cogí de la mano para consolarla, como había pensado, porque otra vez vi claro que no me quería de la misma manera que yo y sus lágrimas y el mantelito para comer juntos nada querían decir, yo romperé tu corazón de piedra, pensé, soy Juanpicapiedra, soy el picapedrero, mi boca es un pico de gaviota y de acero inoxidable y con ella romperé tu corazón de mármol y de ceniza, te salvaré, me juramenté conmigo mismo, soy Juan Salvador Gaviota y un día te diré una estupidez de vergüenza ajena, te diré, por ejemplo, que te quiero, con mi pico de gaviota picapedrera, y así era difícil estudiar, entre las interrupciones de Zac y el partido de Butragueño y las películas y mis fantasías y mis recuerdos, pero hice un esfuerzo de concentración mental, un salto de tres mortales con carpa y tirabuzón y seguí repasando, seguí estudiando como pude, regular.

28

En el partido de homenaje a Butragueño el Madrid ganó 4-0 a la Roma, y yo me quedé medio afónico, y Santiaguín del todo, aunque no lo vimos juntos porque él tenía entradas de abono, pues era socio abonado y no tuvo que hacer cola, y por chillar tanto el examen oral de Geografía, que era al día siguiente, tuvo que hacerlo por escrito. Los tres primeros goles fueron a pase de Butragueño. En el segundo, Butragueño se quedó solo ante el guardameta, pero en vez de tirar cedió el balón a Hugo Sánchez, que marcó a puerta vacía. En el minuto 44 de la segunda parte pitaron penalti a favor del Madrid, y el público pidió que lo lanzara Butragueño. Se hizo un silencio sepulcral, y Zac agarró mi mano y la de su madre, que era la primera vez que iba a un campo de fútbol y estaba encantada. Zac contenía la respiración, la cara como una estatua. ¿Y si lo fallaba? Yo pensé: el portero no será tan cerdo de pararlo, se lo dejará meter, pero decía eso para infundirme ánimos, porque de los futbolistas italianos nunca hay que fiarse, y menos si son porteros, porque entonces llueve sobre mojado. Butragueño tiró el penalti, ejecutó la pena máxima, como diría el pelma de Vázquez, y el portero italiano se tiró a su izquierda, hacia donde iba el balón, el muy perro más cancerbero que nunca. Estuvo a punto de detenerlo y aguar la fiesta, pero fue gol y el estadio rugió mucho más que la marabunta. Un minuto después finalizó el partido. Entonces vinieron los gritos, las aclamaciones, los aplausos, los mecheros encendidos, la vuelta al campo del 7 iluminado por una luz en forma de estrella, y todos deseamos que Butragueño fuera feliz, y aquí hay una cosa que tengo que decir, y es que siempre, desde hacía meses, me dormía pensando en Sara, pero aquella noche me dormí pensando en Butragueño: eso, para que os fiéis de los tíos. Hay otra cosa que no he dicho, y es que tanto Zac como yo lloramos en su despedida. El Buitre nunca pegó una patada a nadie, jamás fue expulsado, era justo lo contrario de lo que parecía indicar su mote, y en un mundo como éste eso terminó por perjudicarle. Él sólo había pedido una cosa: que el campo estuviera lleno, y el campo estuvo lleno, lleno de gente, lleno de banderas y pancartas, lleno de reconocimiento y nostalgia y emoción. Muchas personas lloraron, no únicamente Zac y yo, no únicamente Pierna Roja y Zarpas. Mis padres no lo hicieron, y supongo que eso quiere decir que son maduros, no lo sé, y que no se dejan afectar tanto. Butragueño también lloró, un poco. Al ver el estadio en pie gritando su nombre de guerra, Buitre, pensé que a lo mejor nuestra madre tenía razón y que al final el buen comportamiento obtiene su recompensa. Mi hermano pequeño chorreaba lágrimas, parecía una fuente de dos caños, y yo me sentí orgulloso de él.

29

Me hubiera gustado dar un abrazo a cada uno de los espectadores, declaró Butragueño al día siguiente.

—Qué pena, Zarpas —me dijo Zac—. Qué pena que el Buitre no nos haya podido dar un abrazo.

Unos días después estábamos desayunando. Mi padre leía el periódico, como de costumbre, y dijo:

—Ha muerto Cioran.

—¿Quién es Cioran? —preguntó Zac, y yo se lo agradecí, porque así mi curiosidad quedaría satisfecha y mi ignorancia disimulada.

—Un filósofo —respondió mi padre—. Un señor muy inteligente y muy triste. En casa tenemos un par de libros suyos.

A lo mejor madurar es no llorar cuando se retira un futbolista que ni siquiera sabe que existes, o puede que eso sea mantenerse vivo, como dijo mi madre. ¿Tú qué quieres ser de mayor?, le pregunté una vez a mi primo. De mayor... Se quedó unos segundos pensativo... ¡De mayor quiero ser pequeño! A lo mejor madurar es no estar todo el rato pendiente del capricho de una chica o del resultado de un encuentro de fútbol que tan poco importa para nuestras vidas. Saber sacar partido de las cosas aparentemente banales o engorrosas, de las *pequeñas cosas*, como la tarde que pasé cuidando a mi primo, que sólo tiene cuatro años y no es un enano. Le dije que no comiera galletas, porque luego no iba a cenar. Abandoné unos minutos la cocina, y cuando regresé, todo estaba en orden y él parecía enfrascado en el libro de dinosaurios con que le había dejado, todo en orden, menos un detalle: había un taburete arrimado al armario de las galletas, utilizado para alcanzarlas, que había olvidado retirar.

—¡Te descubrí! —le dije, y le hice cosquillas en el costado—. ¡Has comido galletas!

Mi primo se rió como un loco, porque es pequeño y tiene muchas cosquillas.

—¿Cómo me descubriste?

—Elemental, querido Watson —le dije—. Soy muy listo, casi un adivino tremendo.

Después le bañé, y mientras le bañaba, le leí unas greguerías, porque su madre me había dicho que había empezado a leerle ese librito de don Ramón Gómez de la Serna. Ni a él ni a mí nos convencían mucho las greguerías, y le pregunté que qué le parecían. Entonces él dijo una que para mí superaba a las auténticas:

—Me parece que son capaces de ser mejores.

Cuando vinieron mis tíos, me pagaron 3.000 pesetas, y a mí me dio un poco de apuro, pero las acepté porque las necesitaba, y a lo mejor eso es madurar, empezar a aprender de las pequeñas cosas, de las cosas sencillas que tan a menudo olvidamos.

—Creo que estoy enamorado —solté, inesperadamente incluso para mí.

Mi padre dobló el periódico y me miró, sorprendido y apostaría a que también contento e ilusionado, porque era la primera vez que yo le confiaba algo así.

—¿Y quién es la afortunada? —dijo con una cariñosa ironía que yo pensé hija de la timidez.

—Es de clase.

—No será ésa... ¿Cómo se llama? Esa tan guapa...

—¿Josefina?

—Sí, ésa, Josefina.

—No.

—Mejor —dijo mi padre, y me quedé con la intriga de saber por qué decía eso, si porque era demasiado guapa y coqueta, o si porque él había conocido de joven a la madre de Josefina, que yo había oído algo, y mi madre no quería ir a cenar a su casa, o quizá, simplemente, porque aún ignoraba que la *afortunada* era Saraceniza, que se quería morir y todas esas cosas, y la habían expulsado del anterior colegio y veía en sus noches de insomnio desfiles nocturnos de monstruos, pero la distinguida también era Saradulce, que me mandaba postales y tenía una horquilla mágica y se entregaba lealmente y era especial, y estaba un poco loca, Saraestrambótica—. Y ella... ¿Te... hace caso? —preguntó mi padre tras una ligera vacilación.

—No lo sé.

—Bueno —resolvió él, untando tranquilamente de mantequilla una tostada—. Si ella no te quiere, tú no te apures. El amor acaba llegando, y es preferible que te llegue a los treinta que a los diecisiete. Claro que puede llegar a los diecisiete sin que eso quite que te llegue también a los treinta, pero hay un máximo de tres. Esos que dicen por ahí que han tenido cuatro o veinte amores en su vida en realidad no han tenido ninguno: tres es el máximo. Puede ser que hayan tenido cuatro o veinte amoríos, pero no amores. Algunos tienen mala suerte, porque cero es el mínimo, pero tú no vas a ser de los que tienen mala suerte.

No dije nada, pero agradecí internamente aquella confianza en mis posibilidades amorosas.

—¿Y tú? —le pregunté—. ¿Cuántas veces te llegó?

Nada más formular la pregunta, me arrepentí. Tal vez fuera mejor no saber nada. Pero mi padre no se inmutó, y puso ceremoniosamente mermelada de frambuesa sobre la tostada. Mi madre se nos unió en ese momento.

—¿De qué habláis tan serios?

—Una —me contestó mi padre—. Yo tenía veintiséis años. La primera vez que la vi no me atreví a dirigirle la palabra, y dejé un billete encima de la mesa para invitarla al helado que estaba tomando.

—¿Habláis de mí? Es cierto —dijo mi madre—. Me casé con él por su dinero. El helado era de limón.

—Le gusta una chica de su clase.

Me puse rojo.

—Bueno —dijo mi madre, mirando a mi padre—. Si ella le corresponde, se va a enterar ahora de lo que es sufrir.

En ese momento apareció Pierna Roja, con unas pinturas de guerra en la cara, tres plumas torcidas y un cuchillo de plástico.

—¿De qué habláis? —preguntó—. ¡Jo, nunca me decís nada!

—Pero si aún no nos has dado tiempo —se rió mi madre.

Pero la verdad es que al pobre Zac nadie le contó nada.

30

Hay una cosa que no he dicho, y es que, aunque Sara aprobó todo, yo suspendí Latín, y Santi suspendió Física y Química y aprobó Matemáticas raspando, y su moto en un pozo, pero seguro que se la compran en septiembre, y Santi me dijo que había decidido ser práctico y que estaba harto de los desplantes de Espinita, y a mí me dio un alegrón, y que qué me parecía Sandra, y que iba a intentar que le gustara y hacer saltar por los aires todas nuestras teorías del amor por generación espontánea, y volviendo a lo de las notas, no me importa demasiado haberla cagado en Latín, porque ahora estoy estudiando bastante y pienso aprobar en septiembre. Fue por el homenaje a Butragueño, y por el tiempo que tardé en sacar las entradas, y los programas especiales dedicados a él, y sobre todo, por Sararompecorazones. Pero no es de mi insuficiente de lo que quiero hablar, sino de la noche del 24 al 25 de junio. En Madrid mucha gente la recordará por ser la más lluviosa de sus vidas. Según el pluviómetro de Santi, que es un cacharrito de plástico del que está casi tan orgulloso como de su dominicana invisible y de su riego automático y de la corriente de 8 km/h de su piscina, cayeron 98 litros por metro cuadrado, y como sólo medía hasta 50, su madre tuvo que vaciarlo una vez, y volvió a llenarse. El Manzanares se desbordó, hubo coches arrastrados por las riadas, inundaciones y accidentes, las tapas de las alcantarillas saltaban y el agua salía a chorros impulsada hacia arriba por una fuerza violenta, como un géiser, y la final de Copa entre el Valencia y el Deportivo se suspendió cuando faltaban diez minutos para el final, porque el Bernabéu parecía el lago de la Casa de Campo, pero yo recordaré siempre esa noche por algo muy distinto, por la fiesta que hubo de fin de curso. Allí estábamos casi todos, los que habíamos suspendido una o varias y los que habían aprobado todo, las chicas y los chicos, los merengues y los colchoneros y Ferrer Chisplau y los que pasaban de fútbol, y Santi hablando con Sandra para forzar a su gran corazón a ir por el buen camino y Sandra encantada y Espinita que no les quitaba ojo, los que estaban dos veces apuntados en el libro negro y los que tenían el expediente blanco como el traje de una novia, los que se pegaban con los del colegio de curas y los que pasaban de broncas, los fumadores por pasiva y por activa, los civilizados y los sin civilizar, y también, claro, Sara, que estaba guapísima con su horquilla-llave y su vestido, y cuando se lo dije me retiró la palabra durante un cuarto de hora, pero al poco me perdonó y yo le dije eso tan manido de que estábamos condenados a entendernos, como los rusos y los norteamericanos, y a mí los rusos siempre me han caído muy bien, por la literatura y por la ensaladilla y porque son como latinos del norte y por sus nombres, siempre con muchas formas distintas de decir el mismo y siempre cariñosas, y ahora me da pena que se hayan empobrecido y haya guerras y mafias, y siempre hay cosas que no digo y que luego acabo diciendo, como por ejemplo que Sara cantaba aceptablemente bien y se defendía con la guitarra, o a lo mejor ya lo he dicho, y esa noche cantó *Hasta siempre*, la canción dedicada al Che Guevara, y a mí me consuela pensar que los que han querido repartir más las riquezas llevan cientos, miles de años perdiendo, y a Cristo le crucificaron en el Gólgota, pero se les hacen canciones y poemas y ahí quedan, y a ver cuándo hacen una canción tan hermosa como *Hasta siempre* a un multimillonario. La casa era muy grande, y veíamos llover, y cuando ya estábamos reconciliados, dije:

—Qué temperatura más buena hace, ¿verdad? Ni frío ni calor.

—Sí —convino ella—. Cero grados.

Yo sonreí, y dije que a cero grados los pingüinos jóvenes se mueren de calor, y pusieron una canción lenta que se llama *Love me tender* y nos miramos sin decir nada, y comenzamos a bailar agarrados.

—¿Quién lleva a quién?

—Yo a ti —dije.

Yo estaba envarado y nervioso y parecía una estatua de mármol con arterioesclerosis múltiple, y si me hubieran echado aceite de oliva virgen extra en las articulaciones me habrían hecho un favor. Entonces ella dijo:

—Te llevo yo a ti.

No noté gran diferencia, porque seguía envarado y nervioso y constantemente con la sensación o el temor de que iba a pisarla y era como si me hubieran metido una estaca por el cuello de la camisa y me saliera por el pantalón y llegara al suelo, pero poco a poco me fui relajando. Inclinó su cabeza sobre mi hombro, y creo que no lo he dicho, pero Saratapón era bastante más baja que yo y eso que yo no soy alto, así que miraba su cabeza desde arriba, su melena pan de oro desparramada por su espalda, su horquilla maestra en su boca y luego en su mano y luego en un bolsillo de mi pantalón, ¿me la guardas?, cómo no, Saraprincesa, si llevo nueve meses guardándote un sitio en mi vida y en mis sueños y antes de dormir pienso en ti menos un día que pensé en el Buitre, pero todo eso no se lo dije porque otra vez esa okupa llamada kobardía se empeñaba en instalarse en mí, patada a la puerta, puerta abajo y la kobardía que se me instala, y yo la intentaba echar a patadas en el culo porque la kobardía tiene culo y patas y se parece a una cucaracha, por si alguien lo ignoraba todavía, su melena rubia esparcida como se esparcen los rayos de sol por la mañana, y ella no podía ver nada, sólo mi hombro, y hubiera jurado que tenía los ojos cerrados y se sentía tan a gusto como yo, y era todo tan dulce como agua de río, ella Sarabarca y yo un marinero de agua dulce, era tan dulce que su cabeza se apoyara en mi hombro y que nuestros cuerpos estuvieran tan juntos y por fin tan relajados que me olvidé de mis pies, o a lo mejor se olvidaron ellos de mí, y comprendí que aquél era uno de los momentos más felices de mi vida y que yo nunca lo olvidaría, un momento que no se puede pagar con nada, ni con oro ni con billetes ni con información bursátil ni con un chivatazo para que detengan a un narcotraficante ni con nada, un cromo doble de mi colección, dificilísimo de conseguir y que no cambiaría aunque me ofrecieran diez por él, y yo tenía una mano rodeando su talle y la otra cogiendo una de sus manos, esas manos que a ella le parecían tan feas como guantes de fregar y por las que yo me dejaría estrangular, nuestras manos entrelazadas y nuestras vidas entrelazándose, y yo pensando en las postales desde Borneo y desde Ituverava y desde el archipiélago de las Mulatas, en Panamá, y en Sararobaexámenes robándome el corazón, explicándome iluminada por la pequeña fogata que moría a nuestros pies que lo había hecho no para aprobar, sino para probar que estaba viva, no por el destino, sino por el viaje, no por la meta, sino por el camino. Pasó junto a nosotros Gobi, abrazado a Palmira, que a pesar de ese nombre tan sugerente se parecía más a un botijo que a un esbelto árbol de oasis y desierto, y aprovechando que Sara no podía oírle, porque continuaba apoyada en mi hombro y el pelo le tapaba el oído contrario, me dijo, por el otro lado:

—No te enamores, si te enamoras estás frito, las mujeres son así: cuando te enamoras, pringas.

Gobi besó a Palmira, que había pegado la antena sin mucho éxito, y yo pensé, a buenas horas, mangas verdes, podías haberme avisado hace nueve meses, porque yo me enamoré de Sara hace casi nueve meses, nada más verla, sin premeditación, sin planearlo ni calcularlo, por la cara, y es como cuando te avisan de que van a cortar la luz y tú ya estás con las velas. Y de pronto me di cuenta de que mi secreto, el secreto mejor guardado del mundo junto con la talla y el color de las bragas de la Reina Madre de Inglaterra, si es que lleva bragas, que yo creo que sí, ya no era tal y seguramente nunca lo había sido, pero es que es un secreto mucho más difícil de guardar, porque la Reina Madre no tiene que disimular día y noche, le basta con no cometer el imperdonable error de ponerse vaporosas faldas de gasa, y no me extrañaría nada que dentro de un año o así algún periodicucho amarillento de esos que tienen los ingleses lo publique en primera plana, LAS BRAGAS TALLA EXTRA SÚPER

148

DE LA REINA MADRE SON JASPEADAS IMITACIÓN MÁR-
MOL ROSA BARATO, o cualquier disparate semejante, y
podría ser el golpe definitivo para la monarquía bri-
tánica y todo el mundo interesadísimo por ese secreto y no se habla de otra cosa en los cafés y el diario
agotándose y mi secreto importándole a poquísima
gente y eso que es mucho más importante, y pasó
Polo mirándome con aire de guasa y de haberse to-
mado un par de copillas y me dijo, guiñándome un
ojo y también sin que lo oyera Sara:

—¿Qué, marcha o no marcha?

Yo solté por un instante la cintura de mi secreto
mejor guardado cada vez peor guardado bajo siete
llaves y en el fondo del mar y le hice un gesto con el
dedo corazón que quiere decir algo así como que te
zurzan, y justo ahí acabó la canción, y Sara se apartó
un poquito de mí y alzó la cabeza y me miró desafian-
te, Saraprovocativa, y supe que tenía que besarla, que
tenía que cumplir mi juramento aunque fuese fuera
de plazo, porque era un hombre de palabra y ella era
una mujer de carne y hueso y aire y sangre y vida y
no sé cuántas cosas más, y otra vez la kobardía. Sara
me pidió la horquilla, se la di y se recogió el pelo. Entonces pusieron *Bésame mucho,* y reanudamos el baile,
y ella cantó, cambiando la letra:

—Bésame, bésame mucho, como si fuera esta noche la primera vez...

Y supe que me estaba invitando, Saraanfitriona,
que me lo estaba pidiendo, que tenía que besarla
como si fuera esta noche la primera y la última vez,
como si no nos quedara nada más en esta vida, como
si tuviéramos los minutos contados, como si acaba-
ran de avisarme de que había caído la bomba atómi-
ca en la Puerta del Sol, como si ella fuera un sueño al
que si yo besara convertiría en realidad, en mujer, en

tierra y aire y agua y fuego, y mi beso no sería ni inteligente ni frívolo y por lo tanto no sería un beso cruel, y me hubiera gustado ser Juan Sinmiedo y decirte alguna estupidez, decirte, por ejemplo, te quiero, pero otra vez la kobardía. Entonces Saraladrona dejó de bailar, y nada más separarse un poco de mí, volvió a desprenderse de la horquilla, su melena rubia de rusa se derramó sobre su espalda como los rayos de sol sobre la tierra cuando amanece, y se puso las gafas negras con gesto decidido, Saraintrépida, y a mí casi me da un pasmo allí mismo, y el corazón se me salió por la boca, ¿cuánto crees que durarás fuera de tu caja fuerte, de tu caja torácica, de tu caja blindada a prueba de dinamita y sopletes y resfriados?, y Sara dijo:

—Lástima. Creí que te gustaba, pero no siempre se gana, y además... Fue bonito mientras duró.

Sararompecorazones me sonrió, con indulgencia o con esperanza o con ternura o con todo a la vez, y casi se me para el corazón, y si no se me paró fue porque ya no lo tenía dentro, Sararobacorazones, estaba por allí, en algún sitio, invisible, y si lo viera me gustaría darle una patada por haberme abandonado, las cosas pasan por delante y hay que tirarse al cuello, porque la vida y las cosas no son como un carrusel, que pasan y vuelven a pasar, sino más bien como un tren, que pasa de largo y hay que subirse en marcha, porque el siguiente puede tardar mucho en llegar o incluso no llegar nunca, porque en la vida las cosas pasan y se van, y por eso hay que ser valientes, y yo tuve miedo de quedarme solo, sin ella, marinero en tierra, enamorado sin corazón, y le quité las gafas y la agarré para seguir bailando y para besarla de una santa vez y cumplir mi juramento, y aunque escasamente cuatro centímetros separaban nuestras bocas, sus labios finos y bonitos y pintados y delicados y los míos que no perderé el tiempo en describir, aunque solamente cuatro escasos centímetros los separaban, parecía un plano hecho a escala 1:1.000, porque tardé una corta eternidad en recorrerlos, y por fin cubrimos los 40 metros de distancia y nuestros labios se conocieron, las dos o tres primeras veces muy tímidamente, y después más profundamente, y a mí se me ocurrió pronunciar esa frase tan famosa y tan estúpida que a menudo le viene a uno a la cabeza en esos momentos, y dije:

—Te quiero.

Y entonces ella dijo otra de esas estupideces que se dicen en esos raros momentos de nuestras vidas, cuando parecemos mágicos y únicos e importantes, y no tememos que el cielo se desplome sobre nuestras cabezas ni que la tierra se abra bajo nuestros pies, porque moriríamos felices:

—Me alegro de estar viva.

Y entonces yo dije la estupidez mayor de todas, en plan Pitagorín arrebatado y alterado por la primavera pero al revés, y supongo que fue porque su boca me había sabido a tabaco y a miel, pero al menos no hice ninguna promesa que al cabo de los años me pudiera echar en cara:

—Me apetece fumar, préstame un cigarrillo y luego te lo devuelvo.

Y nada más decirlo supe que no iba a fumar, porque los pitillos no me gustan nada, casi me asquean, y Sara, retadora, dominante, orgullosa, Saraespañola, me dijo:

—Gracias por el detalle, rey, pero las colillas no se hicieron para mí.

Y entonces me acerqué, y sus ojos eran lanzallamas, y sus cabellos dorados arde París y sus labios rojos el corazón del fuego, y la besé, la besé como si tuviéramos los minutos contados, el mundo traicionado, el veneno en el estómago, y sentí que Sara ya no quería morir porque me quería con un amor loco y fugitivo y quizás un poquito desgraciado todavía, y este beso duró más que lo que tú has tardado en leer esta última página, todavía está durando.

Madrid-Jarandilla, mayo-agosto 1995

Índice

MARTÍN CASARIEGO CÓRDOBA
http:www.martin-casariego.com

Martín Casariego Córdoba (Madrid, 1962) es
licenciado en Historia del Arte por la Universidad
Complutense de Madrid. Debutó como novelista con
Qué te voy a contar (Premio Tigre Juan de Novela, 1990).
En 1992 publica *Algunas chicas son como todas*; en 1995,
Mi precio es ninguno; en 1996, *El chico que imitaba a
Roberto Carlos* (en esta misma colección, Espacio
Abierto); y en 1997, la novela *La hija del coronel*,
por la que ha recibido el Premio Ateneo de Sevilla,
y *Qué poca prisa se da el amor* (Espacio Abierto). Para
el cine ha coescrito los guiones de *Amo tu cama rica*,
Dos por dos y *La Fuente Amarilla*. En la colección
El Duende Verde ha publicado la serie infantil
de Pisco.

CARTA AL AUTOR

Los lectores que deseen ponerse en contacto con el
autor para comentar con él cualquier aspecto de este
libro, pueden hacerlo escribiendo a la siguiente
dirección:

Colección ESPACIO ABIERTO
Grupo Anaya, S. A.
Juan Ignacio Luca de Tena, 15. 28027 MADRID

OTROS TÍTULOS
DE ESTA COLECCIÓN

Catorce gotas de mayo
Berta Vias Mahou

Álex acaba de cumplir catorce años. Gracias a su abuelo,
un conocido espiritista, se ha convertido en un auténtico
«expediente X con patas». Con la ayuda de sus dos mejores
amigos, Bicicleta y el Negro, intentará resolver los crímenes
que se suceden en la casa del abuelo. Ouijas que hablan de
amor, enigmáticas adivinadoras, avistamientos, escritos
del más allá, magia negra, ocultismo... y ni rastro del asesino.
Todo un catálogo de fenómenos paranormales que Álex
tendrá que sortear para salvar el pellejo y conocer al fin
lo más oculto: el secreto de su propio corazón.

✓ **Policíaca**
✓ **Humor**
✓ **Misterio/terror**
✓ **Amor/amistad**

Qué poca prisa se da el amor
Martín Casariego Córdoba

Alejandro es un excelente estudiante, que sin embargo ha
sacado un 0,5 en selectividad, por lo que tiene que quedarse
en verano estudiando. Como ya sabe todo, se distrae leyendo
libros de etnología, viajes y exploraciones, y se lamenta de no
haber vivido todavía una historia de amor sin darse cuenta
de que ya ha empezado a vivirla: Maite, la chica que acude
a limpiar todas las mañanas a su casa, para ahorrar dinero
y poderse pagar los estudios, tiene problemas con su novio
y ha empezado a fijarse en Alejandro.

✓ **Humor**
✓ **Problemas psicológicos/sociales**
✓ **Amor/amistad**

Yo soy el rey
Günter Saalmann

Rex, un muchacho de la antigua República Democrática
Alemana, tiene quince años cuando se ve obligado a dejar
su casa y una vida acomodada. Todos los intentos de su
padre para encontrar trabajo después de la reunificación
de Alemania han fracasado. La familia no tiene más remedio
que mudarse a un barrio marginal. Rex pronto decide que
tiene que formar parte de una banda para sobrevivir y que
debe luchar para convertirse en su jefe. Lo consigue, pero
traspasa los límites: su contacto con la delincuencia lo atrapa
en una cruel intriga e incluso pone su vida en peligro.

✓ **Misterio/terror**
✓ **Problemas psicológicos/sociales**
✓ **Amor/amistad**

Con los animales no hay quien pueda
Emilio Calderón

Terminado el curso escolar, Nicolás Toledano empieza
a colaborar en la agencia de detectives de animales de la
que es socio su padre, un famoso biólogo. Su primera misión
consistirá en encontrar a un chimpancé muy especial llamado
Charlie, cuya fuga se ha producido tras haber presenciado un
crimen frente a su jaula. Gracias a la educadora del animal,
Nicolás descubrirá que el chimpancé sabe comunicarse por
medio del lenguaje de los sordomudos, lo que le convierte
en el único testigo del crimen. A partir de entonces, ideará,
junto con su mejor amigo, un original plan para detener al
asesino.

✓ **Policíaca**
✓ **Humor**
✓ **Aventuras/viajes**
✓ **Misterio/terror**
✓ **Amor/amistad**

El chico que imitaba a Roberto Carlos
Martín Casariego Córdoba

Son los meses de verano en un barrio modesto de una gran ciudad. El narrador y Alber, dos chicos de catorce años, se entretienen haciendo pintadas reivindicativas. Alber es mulato, lo que está empezando a acarrearle problemas. El narrador tiene como modelo a su hermano mayor, un chico solitario que está enamorado de Sira. En las fiestas y bautizos, el hermano mayor canta canciones de Roberto Carlos, lo que le vale las burlas de los chicos de su edad, y no contribuye a que su misteriosa historia con Sira se desarrolle bien. Cuando Alber y el narrador, por una tonta apuesta, tienen que hacer una pintada en la casa nueva del prohombre del barrio, el chico que imita a Roberto Carlos les ayudará.

✓ **Humor**
✓ **Problemas psicológicos/sociales**
✓ **Amor/amistad**

Bola de fuego
Klaus-Peter Wolf

En la ciudad, todo el mundo vive atemorizado por el «demonio del fuego», que parece incendiar edificios al azar. A Jens Roth le aterroriza el fuego. Desde que el coche de su padre explotó y él trató en vano de rescatarlo, Jens se ha culpado a sí mismo de la muerte de su padre. La madre de Jens tiene un nuevo compañero,Werner, una persona agradable que no trata de desempeñar el papel de padre. Sin embargo, hay algo en él que inquieta a Jens. Su intranquilidad aumenta cuando se entera de que Werner es uno de los sospechosos de la policía en el asunto del «demonio del fuego».

✓ **Policíaca**
✓ **Misterio/terror**
✓ **Problemas psicológicos/sociales**